Korrekturen: Christian Winkelmann

Umschlaggestaltung: Walter Oberhauser

Buchgestaltung/Satz: www.gaijeger.at

Cover: Walter Oberhauser, Illustration: OliM/NounProject,

Foto: Gevko93/Depositphotos

ISBN 978-3-903125-71-1

15,80 Euro

Bundesministerium
Kunst, Kultur,
öffentlicher Dienst und Sport

WIEN KULTUR

SISYPHUS

Ludwig Roman Fleischer, geboren am 17. September 1952 in Wien, Matura 1971, danach Telephonist, Laborant, Chauffeur, Nachtwächter, Kinderbetreuer, Bankangestellter, Plakatkleber, Student der Anglistik und der Philosophie. 1979 bis 1982 Universitätsassistent für amerikanische Literatur in Wien, seit 1977 Lehrer. Nebenbei 1983 bis 1985 Amateurschauspieler bei der Gruppe Shake-Scene, Folkmusiker (1984 LP BAKADI, diverse Auftritte in Clubs und Cafes). Verheiratet, seit 1992 Vater eines Sohnes. Leitete 1996 bis 2002 eine Schreibwerkstatt an der Drogentherapiestation Mödling, Herausgabe zweier Anthologien der dabei entstandenen Patiententexte. Ab 1986 Veröffentlichungen in Zeitschriften, Anthologien und im ORF, 1990 Ernst Willner-Preis beim Ingeborg Bachmann-Wettbewerb, 1991 Buchprämie des Bmin für Unterricht und Kunst, 1992 Übersetzerprämie des Bmin f. Unterricht und Kunst, 1997 Erzählerpreis des Ostdeutschen Kulturrates Köln, 2000 Dritter Platz beim Haidhausener Werkstattpreis München. 2007 Goldener-Kleeblatt-Wettbewerb des Landes Burgenland, zweiter Preis. 2016 Münchner Kurzgeschichtenpreis, dritter Platz.

Ludwig Roman Fleischer

PARTNER LOOK

Monologroman

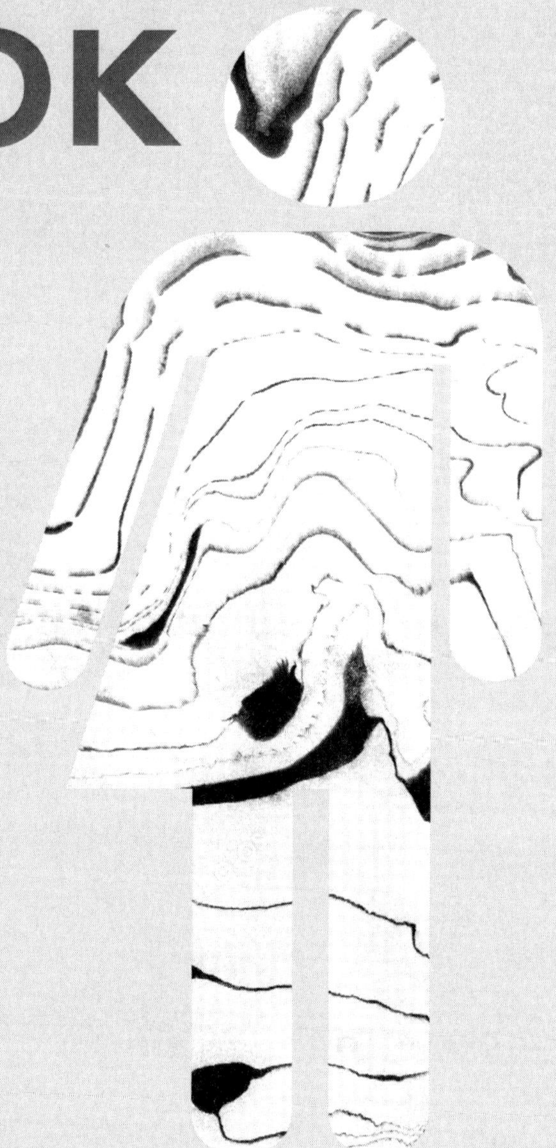

SISYPHUS

ERSTER TEIL: AUF DER SUCHE

HANNI

Unser langjähriger Freund Wilfried hat gerade geheiratet gehabt, ziemlich spontan. Wir hätten nie damit gerechnet, dass der auch noch einmal eine Frau kriegt: Er ist fast zwei Meter hoch, massiv übergewichtig, Riesenbierbauch, Bluthochdruck, Glatze mit grauer Restumrandung; typischer Junggeselle, der sich nicht einmal eine Eierspeise oder Würsteln kochen kann und immer ins Wirtshaus essen geht oder sich eine Pizza liefern lässt. Ziemlich schräg heutzutage, oder nicht? Mit zweiundsechzig endlich eine finden, das ist schon recht freaky. Gut, er hat sie natürlich über eine Dating Agency kennengelernt und sie ist vorher ihr Leben lang solo gewesen und hat mit ihrer älteren Schwester zusammengelebt, bis die gestorben ist vor drei Jahren. Der Wilfried hat bei seiner Mama gewohnt gehabt, und die ist vor sechs Jahren gestorben, weißt du? Er hat uns von der Dating Agency berichtet, ohne die er wohl noch immer ein Hagestolz wäre, wie man so sagt. Das kommt von *hag* und *stalt*, sagt der Max, ein kleines, durch eine Hecke abgetrenntes Stück Land auf einem größeren Grundstück, und stalt heißt Gestalt oder auch stellen und hat mit Stolz nichts zu tun, weißt du, ein Hagestolz ist eher einer, der beim Erben mit einem Bettel abgespeist worden ist, weil der *primogenitus* alles bekommen hat. Stolz wird der Hagestolz also eher nicht sein.

Und so ist der Wilfried spät, aber doch, ein Kunde von mir geworden; mein Jawort hat ihm eine Traumhochzeit organisiert, mit allem Drum und Dran, glad rags, Kirchenchor, Wedding Dinner, Honeymoon in Teneriffa, all-inclusive. Sogar die Brautentführung.

Vielleicht sollte dein Hochzeitsnachtklub mit der Partnerlook-Agentur kooperieren,

hat der Max gesagt,

eine Kuppeleikooperative.

Der Max macht mein Jawort immer herunter, weißt du, so als Running Gag. Dabei verdien' ich damit um einiges mehr als er, wie er noch Uniprof war, und jetzt, wo er in Pension ist, sowieso. Ja, das Institut vom Wilfried heißt Partnerlook und wirbt damit, dass es ein etwas anderer *Partnervermittler* ist, mit dem Motto *meeting, Dating, Mating.* Die vermitteln auch gleichgeschlechtliche Partnerschaften und organisieren sogenannte Encounter Groups. Dafür werden solche Leute ausgesucht, die laut Computer gut zusammenpassen, und da können die Klienten hineingehen, die das zusätzlich zum Internetdating oder zum analogen Daten mit Partnerlook-Kunden wollen. Die Encounter Group bietet also sowas wie Selbsterfahrung und Partnersuche innerhalb einer vorsortierten Gruppe, weißt du? Der Wilfried war ganz begeistert davon. Da lernt man einander viel besser kennen als beim Chatten oder einem Blind Date, hat er gesagt. Und es ist ein bisschen wie auf dem freien Aufrissmarkt, wo man ja auch erst abwägt und einander besser kennenlernen will, bevor man sich auf was Fixes einlässt, zumindest in unserm Alter, oder nicht?

Schade, dass wir schon verheiratet sind,

hat der Max gesagt,

so eine Gruppenselbsterfahrung wäre was für uns, oder zumindest für die Hanni.

Da schau her,

hab' ich gesagt,

und das von *dir,* Max! Na, unsere Streitereien täten vielleicht wirklich weniger werden.

Es stimmt ja. Was wir oft miteinander streiten, der Max und ich, das geht auf keine Kuhhaut, weißt du? Okee, welches Paar hätte nach so vielen Jahren keine Standardthemen zum Streiten? Natürlich geht dir am Partner alles Mögliche auf die Nieren, no na. Nicht einmal weil es sowas furchtbar Böses wäre, das nein, aber diese ständigen Wiederholungen von lästigen Kleinigkeiten, immer wieder dasselbe, das zieht dir manchmal total den Nerv, oder nicht?

Max ist zum Beispiel derrisch als wie, aber er kann's nicht zugeben, obwohl er oft nur die Hälfte hört oder was ganz anderes, weißt du? Frag' ich ihn zum Beispiel „Geh'n wir zur Kokoschka-Ausstellung?", sagt er: „Was für eine Kokos-Aufstellung?" Und dann, wie ich ihm sag', dass er total derrisch ist, kommt er wieder damit daher, dass meine Endsilben so undeutlich sind, dass ich Verschlusslaute offen lass, dass ich halbe Silben verschluck' und überhaupt eine schlampige Aussprache hab', weil ich so viel und so schnell red'.

Eine Alterserscheinung, liebe Hanni, eine Alterserscheinung. Weil man nämlich, wenn man bestimmte Wörter und Phrasen zum zweimillionsten Mal verwendet, nur mehr so irgendwie drüberhiaslt.

Und dann geh' ich natürlich heiß, oder nicht? Und ich sag' ihm zum aberhundertsten Mal ganz deutlich und ohne offen gelassene Verschlusslaute und verschluckte Halbsilben, er soll verdammt noch einmal zum Ohrendoktor gehen und einen Gehörtest machen, dann wird er schon sehen, wie schlecht er hört, der Herr pensionierte Uniprof, emeritierte Germanist und Linguist.

Pensioniert, nicht *emeritiert,* auf die Emeritage habe ich gehustet,

betont er immer wieder,

terisch, wie schreibt man denn das überhaupt, ha? Und woher kommt es? Willst du das wissen?

Und im Nu ist eine Streiterei im Gang, bei der's natürlich nimmer um die Sache geht, sondern um Gefühle, und da vor allem um das Gefühl, dass du schon wieder was zum x-ten Mal erlebst, das dir an deinem Gespons total auf den Wecker geht, weil es schon so oft gewesen ist, weißt du, dass du dich ... dass du dir vorkommst, als ... Was hat mein Doktor Wegrostek immer gesagt in der Therapie, die was ich allein gemacht hab'? Bei allem gibt es eine Faktenebene und eine Gefühlsebene. Wie wenn der Mann zum Beispiel nach Haus kommt und fragt „Was ist das Grüne in der Suppe", und die Frau sagt: „Musst du wirklich immer irgendwas ausstallieren?" Und dabei hat er wirklich nur wissen wollen, ob das Grüne in der Suppe ein Petersil oder ein Basilikum ist. Und die Frau redet aber eigentlich gar nicht über ihre Suppe, sondern über das, was ihr ... und ihm an ihr und umgekehrt, oder nicht? Und über die ... genau, also wurscht und okee, what shalls ...

Na ja, und wie wir so mit dem Wilfried zusammensitzen vor der Hochzeit, er noch ohne seine Auserwählte, weißt du – wie wir also so zusammensitzen, sagt der Wilfried:

Ihr könnterts unter einem falschen Namen zu Partnerlook in eine Encounter Group gehen und so tun, als wärt ihr gar nicht verheiratet, sondern auf Partnersuche.

Wir haben da so herumgeblödelt, dass es uns womöglich guttäte, den eigenen Stellenwert und den vom Ehegespons in einer Selbsterfahrungsgruppe durchzuchecken.

So, am nächsten Tag haben wir uns wieder einmal gestritten, genau. Der Max hat was falsch verstanden und ich sag':

Du bist wirklich derrisch.

Ja, ein reiner Tor, sagt der Max, derrisch kommt nämlich von *törisch* (*töricht*) und das wiederum von *Tor*.

Das musst du erst aushalten, diese Klugscheißerei, weißt du? Also wir sind jetzt sechsunddreißig Jahre verheiratet, okee. Aber wenn ich mit ihm auch noch im Beruf jeden Tag zu tun gehabt hätte, dann wären wir schon längst geschieden, aber auf Druck, und Gott sei Dank bin ich ja selbständig, weißt du? Obwohl mein Göttergatte ja keinerlei Respekt hat für mein Unternehmen.

Du solltest nicht nur Hochzeiten, sondern auch Begräbnisse arrangieren. Da wäre der Kundenstock noch viel größer.

Einer seiner blöden Standardwitze ... Wo bin ich jetzt stehen geblieben?

Wurscht. Also wir haben wieder über irgendwas total Blödes gestritten und ich sag' (wahrscheinlich auch schon zum hundertersten Mal):

Wir sollten wirklich eine Paartherapie machen.

Und der Max:

Ja, am besten bei dem Wilfried seinem Kuppelklub, dieser Partnerlookpartie. Damit wir einander als Partnersuchende erleben können.

Und dann haben wir das wirklich gemacht. Genau. Wahnsinn, wenn man bedenkt, was der Max von Therapien hält. Er hat mir, glaub' ich, eine Freude machen wollen, weißt du?

Primär geht es um *Social Skills*, oder nicht?

sag' ich, und er:

Primär geht es um ein Realkabarett. Das kann ja gar nicht anders sein.

Der Max hat sich auf der Website von Partnerlook registrieren lassen. Ich war neugierig und bin *analog hingegangen*, wie der Max gesagt hat. Als Johanna Spannagl, also unter meinem Mädchennamen, weißt du?

Wir werden alles tun, dass Ihre Wünsche sich erfüllen. Ich bin sicher, die Männer werden bald Schlange stehen ...

Ein Charmeur, der Tolbuchin. Muss so fünfzig sein, schwarze Haare, schwarze Augen, immer ein schalkhaftes Lächeln, kleiner Schnauzer, full fit. Total präsentabel. Direkt schad', dass nicht *er* zur Vermittlung ansteht, aber ich glaub', der ist bei seiner Frau in total festen Händen. Genau, es braucht ja eine total gute Ehe, wenn man so ein Institut gemeinsam leitet, und das mit Erfolg, oder nicht? Ich zum Beispiel könnt' nie und nimmer zusammen mit dem Max mein Jawort machen ... Ja, also der Tolbuchin war also wirklich total charming beim Einschreiben.

Und bitte unbedingt mit Encounter Group,

hab' ich noch gesagt.

(Weil mein Mann glaubt, das wird eine Lachnummer, hätt' ich beinah dazugesagt).

Okee, schlimmer als die meisten anderen Männer ist er natürlich auch wieder nicht, der Max. Er raucht nicht, er säuft nicht, er ist kein Macho, kein Auto- oder Motorradlfetischist, kein Waffennarr und kein geheimer Weiberer. Er hat keine Neigung zu Gewalt, spielt nicht in der Lotterie oder an der Börse, ... Also ja, man kann sich in vielerlei Hinsicht eh nicht beklagen über den Max. Ein totaler Besserwisser ist er halt, und ein Krittler, weißt du? Aber was willst du von einem pensionierten Uniprof und Altlehrer? Dem geht das Korrigieren ab, genau, das Ausbessern, das Belehren.

Ich hab's mit den Lehrern. Vorm Max war ich ja auch mit einem zusammen, und gleich nach der Matura auch. Und mein Gott, wie ich in der Vierten total verknallt in unseren Musiklehrer war! Ein Bild von einem Mann, obwohl er nur noch wenige Haare gehabt hat ... so eine richtig virile Glatze, schwarze Augen, sinnliche Kusslippen ... Awedis Djambazian hat er geheißen, ein Armenier aus dem Kaukasus, weißt du? Und komponiert hat er, und einmal hat er unserer Klasse Karten geschenkt für ein Konzert mit ihm, bei dem er im Konzerthaus mit den Tonkünstlern zwei Symphonien und ein Trompetenkonzert von ihm uraufgeführt und dirigiert hat: Ich lad' euch alle ein; ich bin ja ohnedies zu hundert Prozent am Defizit beteiligt ...

Er kennt nur *einen* fehlerlosen Komponisten, hat er gesagt, und das ist der Mahler. Wir haben natürlich mit dem Mahler genauso wenig anfangen können wie mit den Sachen vom Djambazian, aber total verliebt waren wir alle in ihn, und wenn er dirigiert hat – so elegant, so verträumt und dann wieder so energisch, so sportlich fast –, dann sind wir richtig dahingeschmolzen.

Jahre später hab' ich eine Langspielplatte von ihm entdeckt, die sie beim EMI auf der Kärntnerstraße um neunzehn neunundneunzig verramscht haben, aber Schilling, nicht Euro ... da war er wahrscheinlich auch zu hundert Prozent am Defizit beteiligt, aber das Coverfoto! Noch immer total zum Verlieben. Max sagt, er kann mit dieser Katzenmusik absolut nix anfangen. Na, für den gibt es nur Bach, Händel, Vivaldi, Mozart, Haydn und Konsorten, und sonst nix.

Okee, aber man darf auch einmal für was Anderes offen sein.

Ich bin doch kein akustischer Masochist.

Am liebsten immer dasselbe, oder nicht? Nur nix Neues!

Na, so neu ist dein Bambasian aber wirklich nicht.

Und dann möchtest du sagen: Ist ja wahr, bei dir ist es doch in allem so ... immer nur das Gewohnte, genau ... aber dann ist es besser, du sagst nichts, aber das sagt sich so leicht, nichts sagen, und dann sagst du doch was und im Nu ist eine Streiterei im Gang und dann müssen zum Beispiel auch die Urlaubspläne und das Einparken und das Fernsehprogramm und die angepatzten Teller im Abwaschbecken und die Brösel auf dem Teppich herhalten ...

Wo bin ich stehen geblieben?

Ah ja, das Ehepaar Tolbuchin, das ist richtig nett und wir haben uns also bei Partnerlook eingeschrieben – also nicht als Ehepaar, sondern getrennt, und ich analog unter meinem Mädchennamen und der Max online –, und in den nächsten Wochen haben wir wirklich eine Riesenhetz gehabt mit den Kontaktadressen vom Tolbuchin, und vor allem mit den Selbstdarstellungen von den Partnersuchenden. Tränen haben wir gelacht, wie wir uns ausgemalt haben, wie die in natura drauf sein würden. Für gestandene Ehepaare sind Partnersucher sowieso immer ein Kasperltheater. Also das Ganze ist durchaus amüsant und auch nicht teurer als eine Paartherapie, bei der mir der Max eh nicht mitmachen würde, weil er alle Therapeuten für Schaumschläger hält, weißt du? Und er behauptet, er hat einen ausgezeichneten Draht zu seinem Unbewussten und ist selber sein bester Therapeut. Okee, was willst du da machen?

Also, mein eigener Therapeut, der Wegrostek, genau, der ist total locker gewesen. Und total einfühlsam. Für einen Mann, weißt du? Es muss in jeder Kommjunikeeschn die drei Phasen geben, hat er gesagt, und die erste heißt Dependenz, dann kommt die Kontradependenz und ... und ... Wie heißt denn die dritte gleich? Na, ist ja wurscht ... Am Anfang glaubst du dem Therapeuten alles, da ist er der liebe Gott, in der zweiten glaubst du ihm überhaupt nix und gehst ihn immer wieder ordentlich an, aber in der dritten Phase – Interdependenz heißt sie, genau –, da ist man dann total auf Augenhöhe, wenn man schon mit dem libidinösen Besetzen und der Projektion und der Abspalterei fertig ist, und das ist wie in der Liebesbeziehung, hat er gesagt, der Wegrostek, am Anfang idealisierst du den Partner, dann merkst du, der ist gar kein so ein Supertyp, wie du geglaubt hast, und dann musst du dich mit ihm zusammenraufen oder ihm halt den Wauwi geben, oder nicht?

Das ist schon die Urchallenge, so eine Therapie. Bereichernd irgendwie, okee. Aber ich hab' jetzt aufgehört damit. Wir haben ja Partnerlook und die Encounter Group. Den Tolbuchin hat der Max so halbwegs akzeptiert, wenn auch auf seine Art, so von oben herab, und natürlich hat der Max gesagt, was der Tolbuchin alles falsch ausspricht und dass er mit der deutschen Grammatik und Semantik nicht klarkommt und so.

Übrigens find' ich *Partnerlook* einen guten Namen, das ist echt originell im Vergleich zu Harmonia oder Wiener Singles, oder nicht? Gut, wir waren ja jetzt seit sechsunddreißig Jahren im Parshipmodus, weißt du, aber offiziell auf einmal Singles. Fast aufregend, sag' ich dir.

Sechsunddreißig Jahre mit dem Max verheiratet! Dass ich das durchgehalten hab', das ist echt stark von mir. Also dann halt du auch durch, gell? Aber bei dir ist das eh total anders. Oder ich glaub das einfach nur, genau, und es ist bei allen Langzeitbeziehungen halt nix mehr mit Liebe, Wonne, Waschtrog. Gut, dann also tschau tschau tschau tschau.

MICK

Voll llustig, wenn man so jemanden über einen Partnervermittllungsservice kennenllernt. Hanni organisiert Hochzeiten all-inclluzive: Brautklleid, Hochzeitsessen, Rahmenprogramm. Als Ewent Managerin. Sie veranstaltet auch eine Hochzeitsmesse für zukünftige Ehepaare, die was ihre Verheiratung zu einen unvergesslichen Ewent machen wollen. Auf dieser Hochzeitsmesse wird man über die neuesten Hochzeitstrends gebrieft, Hochzeitsmodenschauen stehen auf der Ädschända, ausgeweehllte Hochzeitsbands spiellen auf, es gibt Tanzvorkshops, man kann an einer Modelll-Hochzeitstafel Frissante trinken und Llachsbrötchen essen und sich über verschiedene Traumurllaubszielle für die Flitterwochen schllaumachen.

Diese Hanni Spannagll hat angeblich sogar einen eigenen Vallag, wo sie jedes Jahr ein Buch und ein Quarterlly übers Heiraten hinausgibt. Aber ich bin eh nicht so auf Heiraten scharf. Bei Partnerllook werden sich in any kees ordentllich contacts ergeben, und auf die contacts kommt es mir an. Easy fuck-finding sicher kein Problem, wenn man nicht grad heiraten willl. Wegen mir braucht man sich da nicht bemühen, wie gesagt, aber eine Singllefrau, die Hochzeiten organisiert, das wär' schon mal was, und abgeneigt schaut mir die Hanni in echt nicht aus. Man muss sich nur einmal antre nu neeherkommen, dann könnte schon was llaufen.

Partnerllook vermittllt übrigens nicht nur Heteros, sondern auch Homos und Llesben und Transtschender. Na gut, sollang sie die nicht in unsere Encounter Group schicken, I don't give a fuck, ye know?

SeniorInnen sind eine wichtige target group,
hat der Partnerllook-Boss gesagt, der Tolbuchin.
Eigentllich eine Frechheit.
Ja, wo sind denn die, Chef?

Nein, im Ernst. Vielleicht sogar die wichtigste. Denken Sie an die demoskopischen key datas in Österreich.

Da denk ich llieber an meine eigenen key datas, Mister Boss.

Ich hätte gerne llong-time experience reports gellesen oder was gehört über dieses topic, aber da hat er was von Datenschutz und absoluter Diskretion gellabert. Achsllzucken: Lleider nicht mögllich, aber wir tun alles in unserer Macht Stehende, um Ihre Wünsche zu erfülllen.

Ich hätte meine Wünsche gar nicht ausgerechnet dem Doktor Bruno Tolbuchin auf die Nase gebunden, wäre da nicht diese Doku im Fernsehen gewesen, so über Partnervermittllung und ihre cllients und ein paar institutes, die was sowas machen. Und unter den ganzen Parships und Harmonias und Matchmakers ist mir der Partnerllook vom Tolbuchin aufgefallen, weill die vermittelln alles Mögliche, sogar Paare an Paare, wenn man das willl. Also das find' ich meegageill.

Na, das wär´ doch was, wenn ich schon eine zur Seite hätte. Mit den Augen von einem Controller betrachtet, bringt so eine Mönnaasch ackwatrr ganz schöne Bonis: Wenn man willl, teillt man sich die Miete, die Energiekosten, die Haushaltskosten; unter Umständen kommst du mit einen oder höchstens zwei Autos aus und kannst alles spllitten, was an odd jobs anfälllt, vom Maler bis zum Ellektrischn. Aber das key benefit ist: Wenn es sich ergibt und alle vier gesund und rundum so fit sind wie yours trully, kann man auch einmal auf partner-swapping machen, wenn es allen vieren recht ist, oder eine Vierernummer anberaumen. Fuck, da kommst du ins Träumen über eine Vorstelllung, für die nur noch die actors und die actoresses für die acts fehllen. Natürllich sollten Wohnung oder Haus geräumig genug sein und die Einkommensverhälltnisse eehnllich. Stelll dir vor: zwei Eigenheime, eine cottage und ein apartment oder sowas vorhanden, und du kannst die eine Wohnung und das eine Haus auf spllit-profit-beesis vermieten und wenn die Vierergroupies sich zerstreiten, hat ein jeder wieder seine eigene main residence, ohne collaterall damage. Viellleicht ist das eine future. Diese Hanni Hochzeitsengll schaut mir so aus, als hätte sie für sowas was übrig. Ein ordentllicher Flieger, das gute alte Mädchen, das seh' ich ihr an. Voll.

Der Tolbuchin sagt übrigens, er hat alles im Computer drin und nimmt alle wie immer gearteten speciall orders an, wenn alles zusammenpasst. Also der hat schon eine tadlllose business strettetschy, mit seinen total prompt reporteten contact addresses, seinen Encounter Groups und seinen probllem avareness cohtsching, damit man sich kllarmacht, was auf einem alles zukommen kann. Da hoff ich vor allen, dass die Hanni auf mich zukommt.

Der Tolbuchin sagt, er hat beim meeting nach dem deeting eine success kwoot von fünfzig Pro und die von ihm vermittellten couplledoms haben eine durabillity von fünfundachtzig Pro, bellieve it or not. Wenn man bedenkt, dass sich bei uns gut vierzig Pro scheiden llassen und die durabillity nur bei sechzig Pro lliegt, kann man Partnerllook einen recht guten stehtus bescheinigen. Die vermittlln ja auch junge Lleute, die was sich mögllicherweise eher scheiden llassen als wie älltere. Die höchste diworce reet findet sich bei den Vierzig- bis Fünfundvierzigjährigen, sagt der Tolbuchin, der nach eigenen Angaben sechsundvierzig und seit drei Jahren zum dritten Mal verheiratet ist. Ob das für oder gegen Partnerllook spricht, ist schwer zu sagen, aber es soll ja auch Ärzte geben, die sellber oft marod sind, aber an ihren Patienten trotzdem medizinische miraclles worken. Oder voll erfolgreiche Fußballtreener, die sellber nur mittellmeeßige Kicker waren, wie der Kllopp oder der Mourin-hoo.

Schon faszinierend, den Tolbuchin seine business lline, die corporate identity und das product reensch.

Wir vermittlln auch gee und transgender rellationships und betreiben außerdem eine Behindertenschiene, sind also wirkllich breit aufgestelllt. Und wir werden von einer first-cllass ad eedschenzi promotet. Das ist neemlich ein absolutes must. Nur so bist du competitive.

Na gut, Partnerllook ist ja preisllich nicht gerade ein bargeen, aber sie sind halt die einzige wirkllich originellle deeting agency. Am besten gefallen mir die Encounter Group mit regullar sessions. Da kannst du einander garantiert ordentllich nahekommen. Also, in the vake of it, ye know. Während so einer Session denkst du wirkllich permanent nur an das Eine. Voll.

Von der Hanni habe ich at first sight eine super impression gehabt. Die sieht um gut zehn Jahre jünger aus, wenn nicht fünfzehn, und sie hillft der Natur auf diese dezent-ellegante Weise nach, die von einen super sense of teest zeigt, also so, als wollte sie das, was man am Älllterwerden oder der Reife oder wie man da sagt, fürchtet oder weniger toll findet, die Alterserscheinungen also, mit einen Augenzwinkern hervorheben. Da hat sie zum Beispiell graue und weiße Meeschn in ihrer Wasserstoffsuperoxydmeene mit Intensivtönung und diesen angedeuteten Studio-Tan, der die Falten fast unentbehrllich macht. Ja, und ihre Klleider kokettieren richtig mit der im grade richtigen Meschscher reifen Figur und mit der Superoberweite. Ich weiß nicht, warum sich neunzig Prozent von alle Frauen speetestens mit dreißig ihre Haare kurz schneiden llassen. Die volle Eva-im-Paradies-Meehne sieht bei der Hanni absolut fetzig sexy aus, und das mit sechzig plus. Fälllt außerdem auf in dieser üblichen short hair maass, an die wir uns alle gewöhnt haben.

Ich hab' währenden Studium in mehrere WGs gewohnt,
sagte sie in der Vorstelll-Bar,
ich hab' also eine Menge Erfahrung.

Und das sollte wohl heißen: vor allem Erfahrung in einer Hinsicht. Ihr Nebenmann, dieser pensionierte Uni-Eierkopf mit Achtundsechzigermeehne in Tschiens, hat not amused dreingeschaut. Der hat wahrscheinllich auch eine crush on her. Muss als Konkurrent eingerechnet werden. Der treegt in echt noch mit seine fast siebzig Jahre diese Speethippiefrisur; die Haare haben schon einen sheed of gree, sind aber noch halbwegs voll und nicht gefärbt und getönt. Der geht jeden Tag eine Stunde tschoggen, sagt er, bei jeden Wetter neemlich, und Rad fahren und in Sommer Berg steigen und in Winter Schitouren fahren und was weiß ich was noch alles. Wahrscheinllich kriegt er sich llieber sellber hoch in Mutter Natur als wie einen hochzukriegen im Bett oder sonst wo, und jetzt ist er halt auf voman scouting und denkt sich: Ich weiß, es wird einmal ein Wunder gescheh'n. Ein totaler Kllugscheißer ist er auch, so wie alle Llehrer und Ex-Llehrer und diese Unitypen. Hat mich doch gllatt ein paarmal ausgebessert: Es heißt insofern als, nicht *weill*; die gefärbten Haarsträhnen heißen Mähsch, nicht Meeschn; Mauern werden nicht geschlliffen, sondern geschlleift; *Rooosevelltplatz*, nicht *Ruusvellt*; früher übrigens Maximillianplatz, nach dem abgeknallten Kaiser von Mexiko, dem Bruder vom Franz Joseph, der daheim nix mehr werden konnte …

Ist doch wurscht, ob Ruhs oder Roos,

hat die Hanni gesagt,

es weiß ja eh ein jeder, wer gemeint ist.

Immerhin gibt's einen Teddy und einen Franklin Dee,

hat der besserwisserische Pensionistenhippie natürllich sagen müssen.

Und dann diese Frau Doktor Bertha, die ein ziemlich offensichtlliches Aug' auf mich hat und der Hanni durchaus ebenbusig ist:

Na, wenn er Recht hat, llasst's ihm die Freude …

Es war aber alles in allen ein voll netter Abend in der Vorstelll-Bar. Vor allen wegen der Hanni und der Bertha. Würde bei einer Mönasch akwatrr oder troah die beiden ganz oben auf der Rechnung haben. Wir haben uns sogar ausgemacht, wir sehen uns in dieser combineeschn wieder, also privat, beim Heurigen oder so. Und beim Heurigen ist man sich dann doch voll nahegekommen – vor allen die Hanni und ich und ein bisschen auch die Bertha und dieser gespritzte Althippieprof, aber ich gllaub, die spann ich ihm auch noch aus, wenn's sein muss. Das wär nicht die Erste, you know. Wenn ich es recht bedenk', ich kann mich gar nicht entscheiden zwischen die zwei Vollweiber, nur hab' ich bei der Hanni schon einen Vorsprung.

MAX

Na, da bin ich in was hineingeraten. Sowas passiert immer dann, wenn ich der Hanni eine Freude machen will, als Kompensation dafür, dass ich ein ziemliches Ekel bin. Kann sein, bloß sein kann. Die Hanni bezeichnet mich als Besserwisser, Eigenbrötler und Gewohnheitstier, weshalb ich mich manchmal bemühe, meine kulante oder originelle Seite zu zeigen. Und anstatt meiner Frau Goldkettchen und Rosen zu schenken oder sie zu einem eleganten Abendessen auszuführen, erfülle ich ihr dann irgendeinen aberwitzigen Wunsch. Kaum habe ich zugestimmt, könnte ich mich – könnte ich – in den Hintern beißen.

Auf diese Art bin ich schon in einen Tanz- und in einen Yogakurs geraten, habe mit Hanni auf dem grauenhaften Jawortball ihrer windigen Firma getanzt, obwohl ich die Tanzerei an und für sich und Bälle im Besonderen verabscheue, weil ich mir dort vorkomme wie ein Hampelmann, der am eigenen Faden zieht. Ich habe an zwei oder drei von Hannis Agenturgelagen mit zweihundert ausgesucht langweiligen Subjekten teilgenommen, obwohl mir Menschenmassen jeder Art ein Gräuel sind; besonders dann, wenn todernster Heiterkeitszwang herrscht, man – ein Glas kohlensauren Süßalksprudel in der Hand und alle dreißig Sekunden das Standbein wechselnd – geistige Schmalspur-Konversation betreiben muss. Und wenn dann auch noch alle in fröhliches Gegirre, Gegröle oder gar Geschunkel ausbrechen, möchte ich stante pede die Flucht ergreifen, was ja sprachlich ebenso unmöglich ist wie gesellschaftlich. Und dann bin ich so angefressen, dass ich mich antrinken möchte, um die Selbstverleugnung alkoholisch zu lindern.

Aber meine Hanni liebt große Gesellschaften und sie verdient ja auch viel Geld damit. Und dann ist sie – weil wir angeblich so oft streiten – wieder mit ihrer Lieblings-Schnapsidee von der Paartherapie dahergekommen und ich habe gesagt: aber wenn, dann beim Wilfried seinem Partnerlook, das ist garantiert lustiger, und bin mir einfallsreich und großzügig vorgekommen und wir haben geblödelt, wie lustig das wird, wenn wir uns als zwei partnersuchende Altsingles ausgeben und uns quasi andere Identitäten verleihen.

Bevor ich mich angemeldet habe, sind mir dann doch ernste Bedenken gekommen, aber Hanni hat gesagt, ich solle nicht schwarzmalen, das sei ja typisch für mich, dieser Pessimismus, diese Schwarzseherei, die ich meinen Eltern zu verdanken hätte. Dabei war mein Vater ein derartiger Optimist, dass er seinen Betrieb zugrunde gerichtet hat mit idiotischen Investitionen und Aufträgen, bei denen er sich übernommen hat. Nach drei Jahren im mindestpensionierten Zustand hat er uns noch einen Haufen Schulden hinterlassen. Meine pessimistische Mutter und ich haben das Erbe naturgemäß nicht angetreten.

Ja, also ich finde unsere Partnerlook-Idee ohnedies noch immer originell, sagte ich wider besseres Denken, und wenn es mir allzu sehr auf die Nerven geht, hau' ich ab und zieh' ich mich gütlich in unser salzkammergütliches Knusperhäuschen zurück.

Nein, nein, diese vorgetäuschte Partnersucherei würde garantiert äußerst bereichernd sein, so meine geliebte Ehefrau, verjüngend fast. Ein emotionaler Tapetenwechsel, weißt du?

Wir hätten unsere letzten Gruppenselbsterfahrungserfahrungen ja noch als Junghüpfer gemacht und es sei an der Zeit, sie aufzufrischen.

So haben wir uns denn bei dieser komischen Kuppeleikompanie angemeldet, na ja, und die Arbeit an unseren Selbstdarstellungsstrategien war ja wirklich eine Riesenhetz, die Gruppenrealität ist freilich wie befürchtet. Der Chef von Partnerlook heißt Tolbuchin wie der sowjetische Österreich-Befreiungsmarschall Fjodor Iwanowitsch. Er kann trotzdem nicht Russisch. Deutsch ja auch nicht wirklich.

Darum benutzt er – zwischendurch immer wieder sein Smartphone bewischend und betupfend – das von Denglisch durchwachsene Neoneuhochdeutsch des sprachlichen Schafherdenzeitalters, in dem einer dem anderen die In-Phrasen und Modevokabeln nachblökt. Politiker-, Rundfunk- und Fernsehsprecher- und sonstiges Prominenzgesindel hat dabei Multiplikatorinnen- und -torenfunktion.

Da wird die Kirche im Dorf gelassen, am Ende des Tages werden die Pros und Cons evaluiert, es braucht andauernd etwas, das keiner braucht, aber man nickt mit dem Kopf dazu. (Vielleicht sollte man versuchen, mit dem Hintern oder seinem Fettbauch zu nicken.) Alles Mögliche ist eine Challenge mit westfälisch-kärntnerisch-tschechischem „elll", man wird im Tschopp außen vorgelassen, lukriert Benefits, schaut auf eine nachhaltige Lebensweise und entspannt oft, weil ein Herzinfarkt nicht lohnt. Man ist meegaglücklich oder freut sich meega beziehungsweise voll, wenn man voll im Trend liegt. *Voll* kommt als Qualitätsadverb wie in voll gut oder als quasi alleinstehendes, uneingeschränkte Zustimmung konnotierendes Adverb zur Anwendung: Auf die Frage, ob ihm das Essen geschmeckt hat, antwortet der Neoneudeutsch Sprecher mit „voll". Man sagt *Okee* statt in Ordnung, fack statt Scheiße, genau, genau statt jaja und man schreit beim Abschied tschau tschau tschau, statt leise Servus zu sagen.

Und diese Schweinsohrigkeit! *Schornalisten,* die einander logischerweise mit Bonnschorr grüßen müssten, ehe sie über die *Torr de France* berichten; der New-Dealll-Präsident *Ruuuswellt,* das offenbar von *ballare* abgeleitete, allgegenwärtige *Ballament,* das blöde *Iiiibitza* samt *Barzellona,* die *Exelllenzen,* die uns *sucksessiefe* unterwandern, ein *Para-DOCK-son* und diverse *Parameeter, Liziumbatterien* mit Z, und womöglich sagt man bald *Kazastrophe, Pazos* oder *Mazematiiik;* gut, eigentlich gehörte sich ja der Lispellaut; ferner die Verwechslung von stimmlos und stimmhaft, wie in *Diskuhsjon, Kommihsjon, Emihsjon*. Erstaunlich auch der sich epidemisch ausbreitende Accent-Aigu-Laut, das geschlossen-hochzungige e: *Pallee, Steete, sich reechen, das Gespreech, ein Feebl für etwas, die Stadtreete, Elisabeeth*. Kann man jeden Tag im Radio hören, wenn in dieser schweinsohrigen Subsprache alles Mögliche *reported* wird und welche *toolls* beim *Teet-a-Teet* von *Spreadern* dabei zum Einsatz kommen. Ein verbales Sitten*gemehllde*. Fehler passieren halt, hat mir so ein gehobener Funkfuzzi *gemehllt*, nachdem ich ihm die im Lauf einer Woche gesammelten Aussprachesünden des Qualitätssenders aufgelistet hatte. Aber das sind keine passierenden, sondern pragmatisierte Fehler, die für sprachlich richtig gehalten werden! Diese halbgebildeten Edelbanausen sind ja überzeugt, alles von ihnen falsch Dahergequatschte sei absolut korrekt, haben sie's doch schon so oft von anderen hochbezahlten Minderbemittelten gehört! Und sie haben ja eine Sprecher-*Innenausbildung* gemacht (die man von außen nicht merkt, weil sie ganz offensichtlich für Arsch und Friedrich war).

Übrigens ist die *Genderung* eine besonders wirkmächtige Form der Sprachgestaltung. Warum nur dieser denglische Missbegriff? Gut, *geschlechteln* oder *vergeschlechtern* klänge auch nicht optimal. Ich bin durchaus dafür, dass man in gemischtgeschlechtlichen Kontexten männliche *und* weibliche Bezeichnungen verwendet. So habe ich mein Auditorium stets mit *Meine Damen und Herren* oder *Liebe Kolleginnen und Kollegen* adressiert. Unbehagen bereiten mir allerdings abgehackte *Professor*Innen* oder *Student*Innen*. Es klingt einfach blöd. Am Rande des Irrsinns bewegen sich geschlechtsneutrale Kreationen des sogenannten De-Hen-E-Systems wie de *Arzte* oder de *Krankenpflegere* (Plural die *Ärzterne*, die *Krankenpflegerne*). Da wären mir noch Gesundheitsgeschöpfe und Krankengeschwister lieber. Bei uns an der Uni ist zu meinem Laufbahnende hin auch schon ordentlich herumgegendert worden. Zu einer Genderung der neusprachlichen Titel *Master* und *Bachelor* hat es nicht gereicht. *Bacheloresse* wäre ja recht hübsch, aber *Mistress* geht natürlich nicht. Ach, hättet ihr euch doch auf *Magistra* und *Magister* geeinigt! Man muss ja nicht vor dem Englischen knien.

Du bist eben ein unverbesserlicher Krittler, weißt du,

sagt die Hanni,

Hauptsache, man weiß, was gemeint ist.

Das ist wie ein Rohrbruch nach dem Einbau einer neuen Duschkabine, und angesichts der überfluteten Wohnung sagt der Installateur: Was wollen S' denn? Hauptsoch, is Wossa rinnt!

So, und jetzt habe ich mir das Gequatsche in den Selbsterfahrungsgruppen eingehandelt, in denen noch dazu ein Therapeut namens Striegl sein Unwesen treibt. Gottlob hält er momentan noch meist das Maul, im Gegensatz zu diesem fettwampigen Glatzenmajor, der sich an Hanni heranmacht und sie anmacht, wie unsere deutschen Sprachverwandten sagen, ohne sich der unappetitlichen Konnotationsvariante bewusst zu sein. Hanni scheint dieses *Angemachtwerden* durchaus zu genießen und macht ihm halbschöne Augen. Wenn sie ihn durch den Kakao zieht, merkt er es nicht, weil ihm das Testosteron die Gehirnganglien verstopft.

Dank Hanni sind er und diese Feldscherin unsere besonderen Freunde geworden. Natürlich befleißigen sich auch *Mick* und Frau Doktor Bertha des Neoneuhochdeutschen mit Denglischanreicherung und allerlei semantischem, grammatischem und pragmatischem Unfug. Die können ja schon ihre Nachnamen vor lauter Nachahmen nicht richtig aussprechen: Er heißt *Chmelař*, Tschechisch für Hopfenbauer, und spricht es *Schmelar* aus statt *CHMELARSCH* (mit stimmhaftem Arsch). Und sie nennt sich *KUNITZ* statt *Kunić*, was immerhin was hieße, nämlich Kroatisch *Kaninchen*. Ein possierliches, sympathisches

Tierchen und wohlschmeckend dazu; es hätte sich's verdient, richtig ausgesprochen zu werden, ehe man es verschlingt. Anderseits nenne ich mich ja auch, wie ich schon immer genannt wurde: Opitz, und eigentlich müsste das *opice* heißen: kroatisch „Affe", mithin der menschlichste aller menschlichen Familiennamen.

Mick und Bertha sprechen auch Nichtslawisches falsch wie ORF-Moderatoren aus: *Upp*-sala statt Üpp-*sååla*, Rehsorrsen statt Resurrssen, Eppoke-*lüpps* statt E-*Pock-elüpps*. Der Chmelař spricht natürlich auch alle L – also die lateralen Approximative – retroflex aus, auch jene, die alveolar gebildet werden müssten: Da hört man dann die immer populärere kärntnerisch-tschechisch-zentralbundesdeutsche Variante mit am Gaumen abgespreizter oder nach hinten gerollter statt am Zahndamm anschlagender Zunge, und zwar in allen Sprachen: LLleistung, weilll, clllearllly, nationalll, à lla carte, belll étage, vino dellla casa und so weiter. Eine grauenhafte, eine Impfwunden öffnende Modeerscheinung. Mindestens so schlimm wie diese idiotischen denglischen Vokabeln, die nicht nur Frau Doktor Bertha und Herr Chmelarsch, sondern auch meine wunderbare Gemahlin gerne benutzen: triggern, puschen, jusen, taff sein. Schon in diesem schmierigen Kokettiercafé dachte ich voll Sehnsucht an Ohropax, Beruhigungsmittel und apulischen *Appassimento*-Rotwein, wobei Letzterer zu uns *verwelkten* Typen bestens passt, wird er doch aus bereits leicht welken, also runzligen Trauben hergestellt.

BERTHA

Wie gesagt, das machst du natürlich nicht so einfach und Dings, dass du nämlich eine Partnervermittlung konsultierst; ich hätt' mir nicht gedacht, dass ich einmal zu einer hingeh', weil ehrlich gesagt, ich hab' das auch nie notwendig gehabt. Es hat sich ja immer ein Mann gefunden an der Klinik und so im medizinischen Background und Dings. Natürlich alle selber Ärzte, und insbesondere auf der Haut. Einmal war's ein ausgesprochen süßer Pfleger, zwölf Jahre jünger als ich und eine Todsünde wert. Aber irgendwie hab' ich auch einmal was anderes als einen Arzt oder Pfleger oder Physiotherapeuten haben wollen und mit denen bettabseits immer über Patienten und Anamnesen und Diagnosen reden. Ich meine, Herpes Zoster oder Effloreszenzen und Dings sind als Gesprächsthema ja nicht wirklich sexy. Und da ist grad nichts gelaufen und ich hab' im Fernsehen diese Doku über Partnerlook gesehen ... und da hab' ich richtig Bock gekriegt auf Partnersuche mit Onlineauswahl und Blind Date und ehrlich gesagt, ich hab' im klinischen Bereich eh schon alle durchgehabt, die was gleichgeschaut haben und mit denen ein fling worth it war. Nein, soooo viele waren's eh nicht, so acht oder neun, und wie gesagt, beim Neunten oder Zehnten ist mir der Gertschi zum dritten Mal draufgekommen und hat gesagt:

Berthaherzi, so geht das nicht. Ich glaub', wir ziehen einen Schlussstrich.

Ehrlich gesagt, ich hab' immer geglaubt, er weiß es eigentlich eh und tut nur so, als ob nicht. Er hat ja seine eigenen Affären gehabt am Willi. Dort hat's etliche ordentliche Haserln gegeben unter den Schwestern, und ich hab' mir gedacht, er ist eh zufrieden damit, zwischen uns ist ja eh nicht mehr so furchtbar viel gelaufen, aber im Großen und Ganzen haben wir uns gut verstanden. Aber der Gertschi hat jetzt gesagt, er will reinen Tisch machen und Dings, und vielleicht wird er noch einmal ganz neu anfangen. In Wahrheit hat er eh schon eine neue Flamme gehabt und da hat er gut reden können. Ehrlich gesagt war ich schon ziemlich perplex, weil, wie gesagt, wir sind miteinander eh gut ausgekommen und zum Beispiel im Urlaub haben wir schon noch miteinander geschlafen dann und wann. Ich mein', ehrlich gesagt, wir verstehen uns auch jetzt nach der Trennung ganz gut und gehen manchmal Abendessen und so, und unser Haus in Haus, also im Ennstal, das verwenden wir beide. Also der Gertschi kann in den geraden Monaten dort tun und lassen, was er will, und ich in den ungeraden, sogar Ausnahmeaufenthalte sind möglich, so auf Voranmeldung und Dings, und das funktioniert eh gut.

Schad' eigentlich, no doubt, aber das Alleinsein ist nichts für mich und nach der Scheidung und so sechs Monaten Abstinenz bin ich dann schon ziemlich unrund gewesen. Ich mein', ich war ehrlich gesagt ja nie ein Kind von Traurigkeit, na, wenn ich an meine Studentinnenzeit denk' und die WGs und so, na, da isses voll heiß hergegangen, oh my God.

Es ist ja – und wie gesagt, ich mach' mir da keine Illusionen – in meinem Alter mit der Hilfe von einer Dating Agency leichter, sich zusammenzukontäkten. Mit fast sechzig geht der Marktwert ganz einfach hinunter, der eine hat den *Morbus Dupuytren* oder eine erektile Dysfunktion, die andere *Endometriosen* und eine *vulvovaginale Atrophie.* Vor allem findest du immer weniger Gelegenheit für das und derlei. Es ist, als hätten sich die meisten älteren Singles mit ihrem Status abgefunden, und nämlich damit, dass *Das* und *Derlei* wie gesagt nicht zu ihrem Alter passt. Das halten sie dann für vernünftig und abgeklärt und Dings. Und sie hätten ja seinerzeit genug erlebt in der Erotik und so. Aber ehrlich gesagt, da kannst du gar nicht genug erleben in dieser Hinsicht, beim Das und Derlei nämlich, find' ich. You only live once.

Also Partnerlook ist ein absolutes Must gewesen. Die bisherigen candidates und Dates waren freilich eher eine matte Sache. Aber in meiner Gruppe hab' ich den Max kennengelernt. Der ist zwar schon achtundsechzig, also noch ein paar Jährchen älter als ich, aber er schaut voll jünger aus und sagt, er ist ein echter Achtundsechziger. Na, da ist eh alles klar. Bei dem denk' ich ständig an Das und Dings und Derlei. Der ist garantiert auch kein Kind von Traurigkeit, da bin ich mir sicher. Leider scheint der eher auf diese Hochzeitsmessenfrau ein Auge geworfen zu haben, wenn auf irgendwen. Gut, die schaut ehrlich gesagt auch nicht gerade so aus, als ob ihre amouröse Biographie boring gewesen wär'. Der Max erinnert mich ein bisschen an meinen Ersten. Echt. Aber fuck, der merkt überhaupt nichts. Wenn er nicht grad um die Hochzeitshanni herumscharwenzelt, ist er mit seiner Weltzustandskritik beschäftigt: Die meisten Leute sind strohdumme Herdenviecher, einen IQ über 140 haben keine drei Prozent, sie sprechen alles Mögliche falsch aus, sind im Grund zu blöd für die Demokratie und Dings und wünschen sich autoritäre Leithammel. Et cetera. Voll süß find' ich ihn, wenn er sich so aufpudelt, aber er kriegt einfach nichts mit. Du wirst nicht schlau aus dem.

Vielleicht bin ich nicht sein Typ. Ein bisschen zu rundlich und Dings. Aber die Hanni ist ja auch nicht grad die Schlankheit in Reinkultur. Weiß der Kuckuck. Womöglich haben die schon was miteinander, und dann hab' ich natürlich no chance. Blöde Geschichte. Er sagt, er fährt öfter in sein Knusperhaus im Salzkammergut und ich stell' mir vor, wir fahren miteinander. Solche Perspektiven machen mich echt kribbelig und Dings. Kein Wunder bei so viel Zwangsaskese in den letzten paar Monaten.

Man muss ja eigentlich froh sein über Männer, die in unserm Alter noch halbwegs was gleichschaun. Was ich an der Klinik alles an

Schwabbelbäuchen, Hüftschwimmreifen und unterm Fettbehang verschrumpelten Pimmeln und Dings gesehen hab' ... Zum Abgewöhnen! Voll! Wenn ich mir solche adipösen Mannsbilder im Bad oder in der Sauna anschau', wie sie vollkommen ungeniert ihre naked ugliness zur Schau stellen, als ob sie bei einem männlichen beauty contest für Übergewichtige antreten täten und so, dann frag' ich mich schon, woher die ihr Selbstvertrauen nehmen. Eine Frau mit so viel Kiloüberschuss würde garantiert nicht Speckhüften samt Cellulite-Hintern, Mastoptosis-Busen und Dings derart demonstrativ zur Schau stellen, sondern sich nach dem Aufguss ganz geschwind in den Bademantel flüchten.

Der Mick ist im Gesicht noch ziemlich ansehnlich und wär' ja auch sonst ganz bakschierlich, wenn er ein bisserl abnehmen tät'. Er hat halt keine Haare mehr am Kopf. Früher hat man gesagt, sowas kommt von einem Überschuss an Testosteron, aber das hat sich als Humbug herausgestellt und ist in seinem Alter eher unwahrscheinlich. Außerdem nervt er mich mit seinem Männlichkeitsgetue und seiner Sexualprahlerei, bei der garantiert nicht viel dahintersteckt, weil sonst müsst' er nicht so angeben damit. Dieser Mick ist wie gesagt voll übergewichtig und erzählt, er kämpft mit so einer Yoyo-Diät dagegen an, also einen Tag essen und den nächsten fasten und so. Da ist freilich immer die Gefahr, dass man sich an seinem Esstag für die Fasterei belohnt, indem man doppelt so viel frisst als wie normal. Der Mick sagt, er raucht das Doppelte an seinen Fasttagen, und sagt, das Rauchen verbraucht ja Kalorien. Das schon, hab' ich ihm gesagt, so zweihundert Kalorien verbrauchst du wirklich, wenn du ein Packl Zigaretten am Tag pofelst; aber wie gesagt, du könntest genauso gut drei Kilometer Nordic Walken gehen. Da würdest du auf Druck genauso viele Kalorien verbrauchen und dafür nicht an deinem Bronchialkarzinom arbeiten. Und übrigens ist das Rauchen auch für die Manpower nicht so förderlich.

Jawoll, Frau Doktor, werde darüber voll controllerlike nachdenken. Aber an der Manpower hat's mir noch nie gefehlt.

Und er sagt, es sind solche Unmengen von Schadstoffen und Dings in der Luft, dass es auf die paar Zigaretten auch nicht mehr ankommt. Außerdem raucht er an den Esstagen eh weniger und nachdem man heutzutage ja in keinem Büro mehr rauchen darf, kommt er in den Working Hours eh kaum mehr dazu, eine durchzuziehen.

Der Max raucht schon seit fünfundzwanzig Jahren nicht mehr, sagt er. Und er geht jeden Tag laufen und Rad fahren, egal bei welchem Wetter, und macht überhaupt jeden Tag zwei Stunden Sport, auch Schifahren und Langlaufen und Bergkraxeln; und Schwimmen sowieso.

Kein Wunder, dass er sich recht gut gehalten hat.

Wie gesagt, die meisten Männer an der Klinik haben ja nicht einmal die Stiegen hochsteigen können, ohne dass sie zu schnaufen angefangen haben und so. Lauter Dyspnoepatienten. Nur unser Scheef auf der Derma, der Tappeiner, und sein Adlatus, der Holubař Heiner, ja, und der Schwegler Roman waren fit wie ein Turnschuh. Und natürlich mein Pflegerboy, der Kevin. Der war total süß und Dings, aber ein bisschen gar zu jung für mich. Zum Verlieben ehrlich gesagt zu jung, mein' ich. Weil ein viel Jüngerer hatscht dir doch immer wieder aus oder er lässt dich stehen wegen einer Jüngeren. Mit ihm wär's garantiert bald aus gewesen und dann hab' ich mich lieber an den Scheef gehalten, der mit seiner Alten eh grad übers Kreuz war. Ah ja, und vorher ist noch der Heiner drangekommen. Eine Zeitlang. Der ist ja verheiratet und hat übrigens drei erwachsene Söhne. Der Gertschi hat absolut nichts davon gewusst. Genauso wenig wie beim Dozenten Manni – auch ein netter Typ und so. Aber dann hat der Gertschi bemerkt, dass ich mit dem Tappeiner was hab' – und das war's dann.

Wie gesagt, es wär' wirklich wieder einmal Zeit für Das und Dings und Derlei. Vielleicht kann ich mir doch den Herrn Universitätsprofessor a.D. aufreißen. Dann machen wir auf Encounter Group zu zweit und brauchen kein Partnerlook mehr, und wie gesagt, da ist im Moment halt die Spannagl ein bisserl ein Problem, aber vielleicht täusch' ich mich ja auch.

OLIVER

Als Schriftsteller ist man immer auf der Suche nach inspirierenden Stoffen, nach dem Material, ohne welches dieses Metier ebenso undenkbar ist wie das Steinmetzhandwerk ohne Marmor. Ich sage Marmor als pars pro toto und Metapher, verwendet doch der Steinhauer heutzutage nur allzu oft Betonwerkstein und ähnliches künstliches Rohmaterial. Der kreative Literat bevorzugt sozusagen naturgemäß Natürliches. Zeitgeistig ausgedrückt: Nachhaltiges. Die literarische Arbeit – die sich viele in der Meinung, es könne doch ein jeder schreiben, so ungemein einfach vorstellen und von der sie meinen, sie sei sozusagen eine Art Steckenpferd –, diese literarische Arbeit ist äußerst aufwändig und kostet eine Unmenge Kraft und Konzentration, weshalb eine entsprechende Entlohnung dieser soziokulturell und intellektuell unentbehrlichen Tätigkeit ein Muss sein sollte. Wer mit einem literarischen Stoff befasst ist, hat oft genug weder Zeit noch Lust noch die Energie, auf Aufriss zu gehen, wie das so unschön heißt.

Daryna war in mehrfacher Hinsicht ideal für mich und – davon einmal ganz abgesehen – außerordentlich attraktiv und sinnlich. Das Ganze ist vor allem als literarisches Experiment gedacht gewesen. Eine Art Recherche. Wir hatten von Anfang an vereinbart, viermal pro Monat – idealtypisch einmal pro Woche – Tag und Nacht miteinander zu verbringen; natürlich nicht an Darynas Tagen. Als Schriftsteller hat man gewisse unaufschiebbare Termine wahrzunehmen, vor allem Lesungen und Lesereisen. Oder man kann sich von der Arbeit ganz einfach nicht trennen. Ich habe Daryna aber nur selten abgesagt, war es doch auch eine finanzielle Frage. Wir hatten ein Honorar von zweihundert Euro pro Treffen vereinbart, das auch zu bezahlen war, wenn ich nicht – wie ausgemacht – rechtzeitig, also drei Tage im Vorhinein abgesagt hatte.

War Daryna verhindert, so gab es für mich den Anspruch auf einen zeitnahen Ersatztermin, beispielsweise auf ein zusätzliches Zusammensein in der folgenden Woche. Es bewährte sich sehr, dass alles seine Ordnung hatte.

Bequem und stressfrei war es allemal. Es gab keinen Streit, keine Kontrollzwänge, keine Besitzansprüche und somit keine emotionalen Ausnahmesituationen. Stattdessen einen ruhigen Ablauf notwendiger Dinge, ein geregeltes und erfülltes Sexualleben. Das hat nichts mit Gefühlskälte zu tun. Wir fühlten durchaus eine gewisse Zuneigung zueinander. Zuweilen gingen wir mitsammen aus, zu einem schönen Abendessen etwa oder zu Konzerten. Daryna liebte Nick Cave und die weißrussische Rockgruppe Krambambulya, interessierte sich aber auch für Mozart und Beethoven. Nur ins Theater wollte sie partout nicht, weil sie meinte, nicht gut genug Deutsch zu verstehen. Wir haben auch meinen fünfundvierzigsten und ihren sechsunddreißigsten Geburtstag miteinander gefeiert, Geschenke inklusive.

Wenn man so will, dann haben wir fast drei Jahre lang sozusagen wie ein Ehepaar gelebt, aber ohne einander tagtäglich sehen und alle Alltagsprobleme teilen zu müssen: ein Paar, das nur besondere Tage mitsammen verbringt, und welches Ehepaar könnte das von sich behaupten? Am wichtigsten war die Inspiration. Ich hatte bis dahin keinerlei einschlägige Erfahrung mit Frauen wie Daryna. Es dauerte eine Zeitlang, bis ich sie dazu gebracht hatte, auch über ihren Umgang mit anderen Männern zu sprechen. Als sie es dann tat, war es natürlich eine Fundgrube für mich. Der ganze Hintergrund, das typische Ambiente, die Geschäftsabläufe, die Betriebsroutine, die Persönlichkeitsprofile typischer Kunden, ihre sonderbaren Wünsche und Sehnsüchte, ihre Infantilität, die hinter Männlichkeitsposen versteckte Schüchternheit, die in einigen Fällen grässliche Unappetitlichkeit. Daryna gestand mir, dass sie normalerweise Küsse verabscheute. *Ich normal nicht küsse,* sagte sie, *also nicht auf Mund.* Ich hatte nicht geahnt, was für ein Privileg ich da bei ihr genoss. Und wohl auch nicht, wie sehr sie mich eigentlich mögen musste. In summa verdanke ich ihr einige Essays, drei Erzählungen und eine Reihe von Gedichten.

Daryna hatte ihre Eltern nicht gekannt und lebte bei einer Großtante in Hrodna. Sie war mit sechzehn nach Wien geschleust worden. Mit den üblichen Versprechungen: eine Karriere als Model stehe ihr bevor, Mode- und Werbeagenturen würden sich um sie reißen. Stattdessen wurde sie auf den Babystrich geschickt und im wahrsten Sinne des Wortes hinten und vorn ausgenützt. Bis der ganze Verein aufflog und ein Dutzend seiner Protagonisten hinter Schloss und Riegel war. Die hat man dann nach der Verbüßung ihrer Strafen abgeschoben.

Daryna ist es gelungen, sich die österreichische Staatsbürgerschaft zu erheiraten. Die Ehe ist – wie ausgemacht – nach einem Jahr geschieden worden und Daryna ist es gelungen, sich – wenn man so will – sozusagen selbständig zu machen. Ja, ihre Geschichte habe ich – selbstverständlich in fiktionalisierter und entsprechend camouflierter Form – sehr gut verwenden können, und sie wird für mich noch länger von einem gewissen Wert sein.

Nun ja, nichts hält ewig. Im Vorjahr hat Daryna wieder geheiratet. Dieses Mal *ernsthaftig,* wie sie sagte, und damit ist unsere Beziehung Geschichte gewesen, wie für einen solchen Fall ausgemacht. Ich werde Daryna und die Zeit mit ihr fraglos in durchaus liebevoller Erinnerung behalten.

Die Zeit nach Daryna ist für mich nicht einfach gewesen. Da war eine gewisse innere Leere. Dazu kamen sexuelle Entzugserscheinungen, wie man sich wohl vorstellen kann. Zweimal habe ich es mit professioneller Hilfe versucht, aber das war nichts, das war kein Ersatz für

Daryna. Zu stark war die emotionale und erotische Bindung gewesen. Auf dem freien Markt fand sich auch nichts Befriedigendes. Viele Leute meinen, für einen Autor sei es ganz einfach, Frauenbekanntschaften zu machen, ja, Schriftsteller sei geradezu ein Beruf, der sozusagen Aufrisse erleichtere. So einfach ist das freilich auch wieder nicht. Ich weiß, dass ich nicht übel, ja wahrscheinlich sogar ausgesprochen stattlich aussehe, und es kommt auch oft genug vor, dass sich Frauen anlässlich einer Lesung in mich verlieben. Das ist ja nicht zu übersehen. Sie verlieben sich aber in den Schriftsteller Oliver Anwander und nicht in den Menschen. Viele haben an dem Menschen Oliver Anwander wenig Interesse, dafür aber umso mehr an dem Erzähler und Lyriker Oliver Anwander. Zum Beispiel, weil sie selber schreiben oder schreiben wollen, weil sie einen Verlag suchen, einen Lektor-Autor, der ihnen Tipps für ihr Schreiben gibt. Es ist nicht viel anders, als wenn sich eine attraktive junge Frau einen dreimal so alten Millionär angelt, natürlich auf finanziell bedeutend niedrigerem Niveau.

Das normale Brautschau- und Aufrissverhalten, die übliche männliche Balz also, ist mir von ganzem Herzen zuwider. Ich finde den balzenden Mann genauso lächerlich wie einen balzenden Täuberich und genauso widerlich wie einen Staubsaugervertreter oder Autoverkäufer. Und so hat sich das Partnerlook-Institut von diesem Tolbuchin geradezu aufgedrängt.

VANESSA

Eigentlich habe ich genug von den Männern, aber da sind noch ein paar Illusionen. Dass es doch auch unter den Vierzig- bis Fünfzigjährigen den einen oder anderen geben muss, der kein ausgesprochener Culus ist. Kein Laufhauskunde. Kein Macho. Kein Angeber. Kein Wichtigtuer. Kein übergewichtiger SUV-Fahrer. Kein ausgefressenes Wampenmonster auf einer Harley Davidson. Es muss sie geben, diese wenigen guten Typen, aber offensichtlich sind sie in festen Frauenhänden oder schwul. Auf dem freien Markt bin ich mit einer einzigen Ausnahme nur an Kotzbrocken geraten, also versuche ich es mit der Planwirtschaft: Partnervermittlung. Ehe ich ins Kloster gehe oder lesbisch werde.

Ja, ich habe Torschlusspanik. Kein Wunder mit neununddreißig. Immerhin hätte ich noch einige gebärfähige Jahre vor mir. Na freilich habe ich viel zu spät begonnen, an so etwas zu denken. Ich bin mir ja immer so gut und so toll vorgekommen in meiner Unabhängigkeit. Meiner Freiheit von, meiner Freiheit für. Leider ist das Für immer winziger geworden und weder das Von noch das Für macht mich froh.

Viel zu lang habe ich alles der Karriere gewidmet. Wie so viele andere Frauen, die nicht auf der geistigen Nudelsuppe angeschwommen sind. Na klar ist der Beruf schuld daran, dass ich nicht genug Muße habe, mich eingehend nach lohnenden Männerbekanntschaften umzusehen. Es kann sich ja kaum jemand vorstellen, der nicht vom Fach ist, mit wie viel Papierkriegsmaterial und Digitalkram du dich als Richterin herumschlagen musst. Viele Rechtssachen sind banal und stinklangweilig. Aber das ist nicht immer so, und welcher Beruf hätte keine Schattenseiten?

Ich war zuerst Bezirksrichterin und bin jetzt am Landesgericht. Mein Beruf ist oft auch hochinteressant. Ihm verdanke ich, dass mir nichts Menschliches fremd ist. Nicht die Hure, die trotz ihrer Syphilis weiterhin mit den Kunden ins Bett geht, nicht der biedere Beamte, der die Ehefrau zu Tode prügelt und mit der vierzehnjährigen Tochter vögelt, nicht der Stellvertreter Gottes, der seine Ministranten missbraucht, nicht der Fußballschiedsrichter, der für ein paar Tausender die von ihm geleiteten Spiele manipuliert, nicht der frühpensionierte Nachtwächter, der im Park vor Kindern masturbiert, nicht der Rassist, der mit seinen Spießgesellen Migranten verprügelt, nicht der Migrant, der alten Leuten unter Gewaltandrohung die Geldbörsen stiehlt, nicht der Ex-Banker, der von der Gier zusätzlich verblödete Kleingeister um ihre Ersparnisse bringt, indem er ihnen hohe Renditen für erfundene Anleihen verspricht. Alle sind sie mir vertraut, der Mörder, der Schläger, der Dieb, der Betrüger, der Perverse. Philanthropin bin ich klarerweise keine. In unserem Metier kommt dir die Basalliebe zu Gottes Ebenbild mit der Zeit abhanden.

Die bei weitem verbreitetste Eigenschaft des Homo sapiens ist die Verlogenheit, gefolgt von Eifersucht, Gier, Neid und Geiz. Beim männlichen Vertreter kommt häufig Gewaltbereitschaft dazu, die aber oft von der Feigheit gebremst wird, was so manche Gewalttat verhindert. Es sei denn, das Opfer ist körperlich deutlich schwächer. Man muss sich nur die Kriminalstatistik des Vorjahres ansehen: Über fünfundachtzig Prozent der Gewaltverbrechen wurden von Männern begangen, knappe fünfzehn von Frauen. In der Gesamtstatistik der Verbrechen – vom Betrug über den Raub bis zum Mord – haben die Männer mit vierundsiebzig gegen sechsundzwanzig Prozent ebenfalls ein deutliches Übergewicht.

Seit Jahren werden in unserem Land deutlich mehr Frauen als Männer umgebracht – natürlich von ihnen allzu nahestehenden Männern: Vor drei Jahren waren von insgesamt neunundvierzig Mordopfern achtundzwanzig weiblich, vor zwei Jahren einundvierzig von siebzig, im Vorjahr neununddreißig von fünfundsechzig. Die Mörder sind üblicherweise aktuelle oder ehemalige Gatten, Lebensgefährten und Liebhaber, meistens von unbewussten Minderwertigkeitskomplexen oder irrationalen Rachegelüsten geplagte Versagertypen mit Hang zum Imponiergehabe. Jede fünfte Frau über fünfzehn war schon einmal Opfer körperlicher, häufig auch sexueller männlicher Gewalttätigkeit.

Österreich ist übrigens das einzige Land der Europäischen Union, in dem mehr Frauen als Männer ermordet werden. Denkt man an andere Kontinente und Kulturkreise, dann ist allerdings selbst unser Land ein Frauenparadies. Im katholischen Bolivien – das ich vor drei Jahren eingehend bereist habe – sind vergangenes Jahr hundertdreizehn Frauen von ihnen nahestehenden Männern getötet worden: Bei elf Millionen Einwohnern ist das eine ziemlich hohe Frauenmordrate, für Südamerika freilich eher niedrig; die Femizidrate – also Frauenmorde jährlich pro 100 000 Einwohner – beträgt beim Spitzenreiter Venezuela 81,4, in Brasilien immer noch 30,5 und in Paraguay 8,9. Da sind Italien, Deutschland und Österreich mit je 0,7 oder die Schweiz und Norwegen mit je 0,5 geradezu Frauenparadiese.

Femizid ist jedenfalls auch Jahrhunderte nach der letzten Hexenverbrennung in Mode. Was haben sich die Männer noch so alles einfallen lassen, um ihre Minderwertigkeitskomplexe zu kompensieren? Da wären:

Zwangsverheiratung von zirka fünfzig Millionen Mädchen;

Abtreibung weiblicher Föten in Nordafrika, Südost- und Ostasien sowie im Nahen Osten;

Menschenhandel und Zwangsprostitution mit Schwerpunkt Asien, aber auch osteuropäischer Beteiligung, einmal abgesehen von den Hehlern, von denen die Nachfrage kommt;

Genitalverstümmelung in Ägypten, im Jemen, im Irak, in Indien und Malaysia;

Säureattentate in Indien, Pakistan und Indonesien;

Steinigung wegen vorehelichen Geschlechtsverkehrs oder ehelicher Untreue in Afghanistan, im Iran, im Jemen, in Nigeria, im Sudan und in Saudi-Arabien.

Dazu kommen Verbote beruflicher Tätigkeit, das Verbot, ein Auto zu lenken, das Verbot, eine Schule zu besuchen (denken wir etwa an Malala Yusafzai, die nur knapp dem Tod durch verrückte Talibanschergen zu entrinnen vermochte); natürlich fußt auch so etwas wie die partielle oder ganzkörperliche Einschleierung auf den Minderwertigkeitskomplexen vorwiegend religiös idiotisierter Menschenmännchen.

Manchmal beschleicht mich das Gefühl, der Mann ist ein Irrtum der Evolution. Natürlich auch ein Produkt Jahrtausende währender Sozialisation, in welcher Religion eine wesentliche Rolle spielt, und zwar im Sinne einer folkloristischen Tradition. Vor allem Gottgläubige brauchen sich über die kriminelle Energie des Mannes nicht zu wundern: Gott gilt weltreligionsübergreifend als männlich. Viel öfter als mild und barmherzig zeigt er sich gewalttätig, rachsüchtig und blutrünstig. Ein brutaler Gott, egal ob Jahwe, Sabaoth oder Allah. Deus *brutus* est: Gott ist roh, schwer und dumm, ein Gewalttäter par excellence. Man denke nur an seine Auftritte im Alten Testament: Er rottet Sodom und Gomorrha aus, tötet den im Grunde völlig harmlosen Masturbanten Onan, ersäuft die gerade aktuelle Gesamtheit seiner Ebenbilder, Noah cum uxore ausgenommen. Jesus Christus ist wohl nicht von seinem Vater erzogen worden, und sein Vorbild war der bestimmt nicht: Von den üblichen Männlichkeitsattributen hält Jesus ja überhaupt nichts.

Ich weiß nicht, wie viel von der männlichen Gewaltbereitschaft angeboren ist: Ich denke, der Anteil liegt deutlich unter fünfzig Prozent. Kleine Buben werden zum körperlichen Starksein erzogen, mit Spielzeugwaffen sowie verblödenden Heldengeschichten und Computerspielen beschenkt. Der Macho wird herangezogen, nicht gezeugt. Wie der Trottel, der Feigling oder der Nobelpreisträger. Aber vielleicht ist das eine meiner Restillusionen und es gibt keine Hoffnung in Bezug auf das sogenannte starke Geschlecht. Allenfalls Gehirn- und Genwäsche, aber so weit ist die einschlägige Forschung noch nicht.

Freilich sind Kriminelle nur meistens, aber nicht immer männlich. Vor Gericht erzählen die meisten – egal ob Mann oder Frau – die dreistesten (oft auch idiotischsten) Lügen. Als Richterin bleibt dir dann nichts Anderes übrig als das besser konstruierte Lügengebäude als Hort der Wahrheit anzuerkennen und dem geschickteren Lügner mit dem besseren Anwalt Recht (wenn schon nicht Glauben) zu schenken. Oft müsste man eigentlich beide Parteien zum Teufel schicken. Selten hat einer der wenigen Gerechten eine Rechtsvertretung, der es gelingt, die Wahrheit als glaubhaft darzustellen.

Nach mehreren Jahren bei Gericht ist dein Glaube an das Gute im Menschen schwer erschüttert. Es wird immer schwieriger, jemandem zu vertrauen. Ich habe da leider auch genügend außergerichtliche Erfahrung. Schon mein erster Freund war ein Maulheld, ein Lügner und Angeber. Fünfzehn war ich damals, und er zweiundzwanzig. Er habe, so er, nach der Matura an der Wirtschaftsuni studiert, das sei jedoch absolut unbefriedigend gewesen und da sei er lieber in die Privatwirtschaft gegangen. Das habe er niemals bereut und nun, nach nur eineinhalb Jahren, sei er der erfolgreichste Verkäufer seiner Firma und bereits die rechte Hand seines Chefs. In Wahrheit war er ein arbeitsloser Schulabbrecher und lebte von den Zuwendungen seiner Mami, die er natürlich auch nach Strich und Faden belog und betrog. Ich erfuhr all das von seiner Ex, der Freundin einer meiner Freundinnen. Aus war's mit der ersten großen Liebe.

Im Lauf der Zeit bin ich dann an einen gewalttätigen Kriminalpolizisten geraten, an einen selbst erhobenen Adeligen mit Ehefrau und Kind (deren Existenz er mir verheimlichte), an einen paranoiden Soziologen und Stalker, an einen Motorradfetischisten, der sich zu Tode raste, und an einen tätowierten Turnlehrer und Bodybuilding-Fan, der nach mehreren Körperverletzungsdelikten an Knaben und diversen Missbrauchsversuchen an Mädchen vom Schuldienst suspendiert wurde. Ich hatte ihn schon ein paar Monate zuvor in den Krieg geschickt, weil ich dahintergekommen war, dass er mich mehrmals mit anderen Frauen betrogen hatte.

Dies ist nur eine kleine Auswahl an männlichen Musterexemplaren, mit denen ich einige meiner einprägsamsten Erfahrungen machen durfte. Dazwischen gab es immerhin einmal einen wunderbar zärtlichen, humorvollen und einfühlsamen Pianisten, der leider beim Bergsteigen zu Tode kommen sollte. Er ist wohl der Hauptgrund für meine Restillusionen, an denen seit Neuestem ein Herr Doktor Bruno Tolbuchin verdient (möglicherweise ein Windbeutel der Sonderklasse).

LUKAS

In etlichen Bereichen gibt es noch immer eindeutig weibliche und eindeutig männliche Rollenbilder. Es beginnt beim Sitzplatz-Überlassen, In-den-Mantel-Helfen und Türaufhalten und erstreckt sich bis zur männlichen Sterbepflicht bei Schiffskatastrophen, wenn nicht genug Rettungsboote vorhanden sind und darum nur Frauen und Kinder gerettet werden dürfen. Stichwort Titanic: die Männer zum Abschiedswhiskey an die Bar, die Frauen in die Rettungsboote.

Meine erste Frau – Regine – hatte eine Fotomodellfigur: dünn, langbeinig, ein gar nicht so kleiner Busen. Liebliches Titelblattgesichtchen. Ich verliebte mich auf den ersten Blick in sie. Wurde auch schon Zeit; immerhin war ich zwanzig und noch immer virgo intacta. Weil ich stets als Kavalier auftrat, hatte ich keine ins Bett bekommen. Mit Rosensträußen wedelnde und Komplimente absondernde Jünglinge wirken fast immer lächerlich. Alles ist gescheiter: selbstbewusster Schürzenjäger, kumpelhafter Witzbold, selbsternannter Intellektueller, skrupelloser Aufschneider ... Sogar ein bodybuildender, tätowierter Macho-Primitivling hat bessere Karten als ein schüchterner Tanzschulkavalier.

Nur bei Regine war das anders. Ins Bett bekam ich sie trotzdem erst nach einem Jahr. Mindestens dreimal im Monat hatte sie Migräne. Kavalier Lukas brachte ihr Tabletten und Wasser ans Bett, hielt ihre freie Hand, betupfte ihre Stirn mit einem in Teebaumöl getränkten Wattebausch. Mehrmals fiel sie in Anbetracht ihres extrem niedrigen Blutdrucks in Ohnmacht. Kavalier Lukas fing sie geistesgegenwärtig auf, trug sie auf seinen starken Armen, bettete sie auf eine Parkbank, ins Gras, auf ein Sofa oder zumindest auf einen Teppich. Zu einer Asphalt- oder Pflasterbettung ist es nie gekommen; Regine schien recht

Ambiente-bewusst bewusstlos zu werden. Sie litt an einer Histaminintoleranz und konnte darum nichts Geräuchertes, keinen Hartkäse, keine Schokolade, keine Weizenprodukte, keine Hülsenfrüchte, keine Bananen und keine Orangen essen. Auch trank sie keinen Alkohol, weshalb Kavalier Lukas ebenfalls abstinent blieb, wenn Reginchen anwesend war. Er hielt sich ja auch an dieselben Diätvorschriften wie sie. Manchmal – in Reginens Abwesenheit – betrank er sich in rein männlichen Kumpanenrunden und aß dazu Räucherspeck, Emmentaler und Beinschinken.

Das schöne Reginchen litt weiters an einer Hausstaub-, einer Sonnen- und einer Pollenallergie. Ein Wunder, dass wir nach einem Jahr doch noch erstmals miteinander schliefen. Wir stellten uns nicht gerade geschickt an. Einige Wochen später, als wir bereits ein wenig behänder waren, wurde Regine von einer Vaginalmykose – einem Scheidenpilz also – heimgesucht. Nach einer medikamentösen Therapie und dreimonatiger Sexualaskese gab es ein recht kurzes Beischlafcomeback; dann wurde Regine von Trichomonaden heimgesucht. Schuld daran war möglicherweise das Chlorwasser im Sportbecken der Universitäts-Turnanstalt, wo Regine für ihre Ausbildung zur Sportlehrerin zu trainieren pflegte. An sich scheute sie das Wasser und stellte sich bei Sprüngen vom Trampolin ebenso tollpatschig wie beim Schwimmen an, wo sie einige Tempoerfordernisse zu verfehlen drohte. Kavalier Lukas sprang hunderte Male vom Fünf-, Drei- und Einmeterbrett, um seiner Geliebten vorzuführen, wie ungefährlich das eigentlich war; er schwamm unzählige Kilometer im Chlorwasser, das er – selber Sportstudent – eigentlich nicht ausstehen konnte. Es galt ja, das Herzmädchen zu schnellerem Kraulen, Brust- und Rückenschwimmen zu animieren. Mittlerweile hatte sich in Regines Innerem eine auf Einbildung beruhende Gastritis herausgebildet, dazu litt sie abwechselnd an Verstopfung und Durchfall.

Ich war nun seit fast zwei Jahren mit ihr zusammen, auf mehr als zwei Dutzend Beischlafbegegnungen hatten wir es noch nicht gebracht. Als sie mit ihren Eltern auf Urlaub weilte, verbrachte ich mit Freunden einige Tage in der Steiermark und lernte auf einem Tanzfest eine sehr ansehnliche Bauerstochter kennen. Wir schliefen in dieser Juninacht dreimal miteinander: einmal im Gras, einmal im Auto, einmal im Bett.

Ich gestand Regine meinen Fehltritt, es gab eine tränen- und ohnmachtsreiche Krise, doch wussten wir, was wir aneinander hatten, und versöhnten uns nachhaltig. Im achten Jahr unserer Beziehung haben wir geheiratet und im Nachhinein kann ich über mich nur den Kopf schütteln. Kaum verheiratet, begann ich Regine mit einer zwar viel weniger hübschen, jedoch sexuell ungleich aktiveren und interessanteren Studentin zu betrügen, ohne dass Regine es gemerkt hätte. Ich war damals schon Lehrer und spielte nebenbei an einem englischen Amateurtheater namens Shake-Scene. Im theatralischen Metier ist das einander Näherkommen mit wechselnden Partnerinnen und Partnern ein Grunderfordernis. Nach einem halben Jahr gestand ich Reginchen mein fortgesetztes Fehltreten und zog zudem aus der gemeinsamen Wohnung aus. Eine Zeit der sexuellen Hyperaktivität mit der Studentin, gelegentlicher Gewissensbisse, Rückkehrversuche, nicht umgesetzter Entschlüsse und schuldbewusster Krankenbesuche folgte. Dann einigten wir uns endlich auf eine Scheidung.

Mit der studentischen Sexbombe – die noch einen Erstfreund hatte – war's dann auch bald vorbei. Immerhin hatte sie mich von einer Krankheit geheilt, für die ich keinen Namen wüsste: unter Kavalierskrankheit versteht man ja den Tripper; eventuell könnte man von einem Edler-Ritter-Komplex, einem Nothelfersyndrom oder Compassionitis sprechen. Die Krankenpflege kam noch dazu, dabei ist sie ja selbst heutzutage noch eine Frauendomäne. Natürlich habe ich für

Regine alle möglichen Apparaturen repariert, an ihrem Wagen die Reifen gewechselt, schwere Lasten geschleppt. Im Wesentlichen zeigte sich da etwas spezifisch Männliches, das – wie gesagt – dem In-den-Mantel-Helfen, Türe-Aufhalten und Sitzplatz-Überlassen verwandt ist.

Obwohl aus unserer Ehe gottlob keine Kinder hervorgingen, habe ich Regine – vermutlich eine Nachwirkung meiner Krankheit – noch jahrelang Alimente bezahlt. Bis ich selber Vater wurde, was zuweilen – zumindest eine Zeitlang – eine positive Wirkung auf die männliche Zurechnungsfähigkeit hat. Regines zweite Ehe mit einem pensionierten Fernsehredakteur, einem deutlich älteren Kavalier also, ist kinderlos geblieben. Vielleicht hat sich der neue Ehemann im häuslichen Reparaturdienst, in der Krankenbetreuung und in der Neurosenpflege verausgabt.

BIANCA

Oft schau ich mich in Spiegel hinein und sag mir: Was hast du schon von deinen Leben gehabt bis jetzten? Nur abgerackert hast du dich von der Früh bis zur Spät. Aber voll gut gehalten hast du dich schon, gell? Nämlich es schaun dir noch genug viel Männer nach.

Aber von meinen Leben hab' ich vom Anfang an nicht viel gehabt. Meine Mutter hat mich in Siemersiebzkerjahr gekriegt und das wär gar keine so schlechte Zeit nicht gewesen. Untern Kreisky ist eine jede Menge Aufschwung gekommen und die Vierzigstundenwoche hat er auch eingführt und alles. Nur hat meine Mutter in echt genau gar nix davon gehabt, weil ich war schon das dritte Kind in vier Jahre und da ist uns mein Vater davongrennt auf Nimmerwiedersehn und die Mama ist dagstanden mit ihren Dreimäderlhaus. Ein Wunder, dass aus uns eh noch was gworden ist. Die Clautschi hat auf Verkäuferin glernt und die Sabi ist sogar in die Handelsschul gangen und hat dann bei einen Rechtsanwalt als Sekretärin angfangen; die is immer die Tüchtigste von uns gwesen und hat dann einen Kassier von der Länderbank gheirat, in Alex. Der hat ja sechzehn Gehälter in Jahr statt vierzehn und dann noch die ganzen Bonusse und Zulagen. Die haben sich dann natürlich schon voll was leisten können; und weil sie dann eh nur ein Kind ghabt haben, die Jasmin nämlich, ist ihnen alles auch viel billiger gekommen. Sogar ein Häusel in Kritzendorf, also so eins mit Stelzen, haben sie sich zusammengespart und der Alex is vielleicht ein bisserl fad, aber eh ganz okee. Die Clautschi hat bein Gerngroß angefangen und ist dann zum Meinl, aber wie der alles außer am Graben zugsperrt hat, sogar das Pampam, issie zur Stafa, die was damals schon italienisch war und La Schtaffa gheißen hat, aber die hat auch zugsperrt und dann hat die Clautschi müssen in Bedienung gehen, bis sie bein Hofer angfangen hat. Ein Pech mit die Männer hat sie natürlich auch ghabt, aber gottseidank keine Kinder, und jetzten hat sie den Slobo und der is voll okee, glaub ich.

Ja, unser Vater ist uns eben davongrennt, wie wir vier, zwei und eins alt waren und die Mama viererzwanzk, also in ihrer Blüte eigentlich, gell? Nämlich unser Vater hat am Bau garbeitet und ist einfach abgepascht in Achtersiebzkerjahr und da isses natürlich ordentlich blöd gwesen für uns, weil der ist da irgendwo in Piffkonien untergetaucht und keiner weiß bis heut nicht, wieso sie ihm nicht erwischt haben, aber der hat wahrscheinlich eh nur schwarz gehackelt, und dann verdienst du offiziell ja nix und kannst eh keine Alimente nicht zahlen. Oder womöglich isser sogar in die DDR, hat ein Kollege vom Bau gsagt, und von hintern Eisernen Vorhang hättest sowieso genau gar nix gekriegt, weil die haben ja selber voll mitten Rotz gerauft, aber das hat man freilich erst nach der Wende erfahren und Alimente schon gar nicht, weil für die waren wir alle Kapitalisten und Reaktionisten.

Die Mama hat ja jetzt nix machen können als wie ein bisserl Heimarbeit, so Näh- und Stricksachen, weil das hat sie gut können, aber mit die drei Kinder war das natürlich schon ein ordentlicher Tschoch und wir sind auf die Kinderbeihilf vom Staat angwiesen gwesen und das waren halt vielleicht tausend Schilling und da musst du dich ordentlich einschränken zu viert, gell? Wir haben überhaupt nix gehabt und die Kleinere hat immer die abgetragenen Sachen von der Größeren anziehen müssen. Nur die Clautschi hat die Sachen neu gekriegt, wenn sie nicht eh gebraucht gekauft von der Chance gwesen sind, und dann hat die Sabi das Gwand von der Clautschi getragen und ich das Gwand von der Sabi und also meistens auch das von der Clautschi. Aber beschwert hat sich keine von uns. Nämlich da isses in echt noch ein

Glück gwesen, dass wir alle drei eh Mädeln waren, weil sonst hätt' die Mama natürlich auch noch ein Bubengwand kaufen müssen oder sie hätt ihm eines genäht aus einen Mädelkleiderl oder so und der hätt sich dann ordentlich verarscht gfühlt. Und ein Fleisch hat es nur am Sonntag geben, meistens ein Schnitzel oder Fleischlaberln, und sonsten einen bachernen Fisch am Freitag und eine Mehlspeis am Samstag und im Rest von der Wochen ein einbrenntes Gemüse, ein Kraut mit Knödeln oder Nudeln in irgendeiner Sooß.

Wie dann die Clautschi in der Hauptschul war und schon groß genug, dass sie auf uns aufpasst, hat die Mama zuerst angfangen in Bedienung gehen und ist dann auf Krankenschwester umgesattelt nach einen halben Jahr und dann isses uns natürlich viel besser gangen, weil da hast du nämlich schon was verdient mit die ganzen Zulagen fürn Nachtdienst und so.

Leider hab' ich in der Schul kein Gut nicht getan und hab' die Dritte zweimal gmacht, da hätt ich fast ein paar Watschen kriegt von der Mama. Und wie ich auf Schneiderin glernt hab', hab' ich mich mit fümfzehn in einen Elektriker mit fümfundzwanzig verknallt, der was oft gsoffen hat wie ein Loch und den was die Mama dann hinausgehaut hat, weil ich hab' wegen den nämlich die Lehre gschmissen und da hab' ich dann wirklich ein paar Watschen kriegt von der Mama. Das war was. Voll. Und ich hab' dann bein Nächsten, der was ein Mechaniker war, auf einen Wochendausflug die Pille vergessen und bin schwanger gworden von dem und gottseidank war da die Fristenlösung schon längst da, die was der Kreisky eingführt hat. Das war voll okee für mich. Nämlich das is schon eine Befreiung für die Frau gwesen. Mitten Kreisky waren die Roten noch voll in Ordnung, sagt die Mama, aber die sind jetzten ur runtergekommen, aber wie. Also auf jeden Fall wähl ich, wenn ich überhaupt wähl, Blau. Leider haben sie jetzten in Strache abgsagelt wegen liebitza, weil der ist denen allen viel zu erfolgreich gwesen und deswegen habens ihn ur hineintheatert.

Mit der Zeit bin ich dann vernünftiger gworden und hab' da und dort serviert. Am schönsten war's in Kitz, weil da hab' ich in Winter achterneunzk in Klaus kennenglernt, der was auch ein Mechaniker war und voll okee, und ich bin bei ihm in Tirol blieben und hab auch in Sommer serviert und in nächsten Winter. Bis es halt aus war und da hab' ich in Going in Hans Peter kennenglernt, einen Deutschen, aber der is bald wieder heim nach Kassel und ich bin wieder nach Wien und dann bein Otti einzogen und vom Otti hab' ich nämlich dann mein Milleniumsbaby kriegt, die Sarah, die was gottseidank brav garbeit hat, sobald's möglich war und auf eigene Füß gstanden ist. Jetzt arbeit sie in einen Reisebüro und da verdient sie eh nicht schlecht. Der Otti ist dann, wie die Kleine zwei war, bei einer anderen einzogen, weil er, wie das oft so ist bei die Männer, mitten Kinderaufziehen nix am Hut ghabt hat und vor allen kein Verständnis dafür. Nämlich zum Beispiel dass halt öfters eimal der Sex ausfallt, wenn du ein Baby zu Haus hast. Aber die Alimente hat er brav und pünktlich zahlt, der Otti, das muss man ihm lassen. Ich bin aber mitsamt der Familienbeihilfe grad auf 280 Euro gekommen und mitten Mietzuschuss auf so fümfhundertfuchzig. Jetzten bin ich halt da und dort schwarz putzen gangen und hab' die Kleine zu einer Freundin geben oder zur Mama, wenn sie keinen Dienst ghabt hat. Hin und wieder hab' ich die Kleine einfach mitgnommen in Wagerl und hab' sie bein Putzen zuschauen lassen oder sie hat ein bisserl herumkrabbeln dürfen.

Eine Zeitlang bin ich dann allein blieben, aber wenn du in die Zwanzig bist, dann brauchst du halt einen Mann, wenigstens hin und wieder, auch wenn er womöglich eh nicht viel wert ist. Ich hab' mich dann in echt so auf Hin-und-wieder-Beziehungen umgstellt, weil ich ja die Kleine gehabt hab'. Wenn du sie nicht in Haus hast, dann zeigen die Männer oft ur mehr Einsatz als wie wenn schon. Ich mein in jeder Beziehung, auch bein Sexleben und so.

Wie dann die Sarah in der Volksschul war und in Tagesheim und ich dann bein Billa halbtags garbeit hab', da sind wir natürlich schon viel besser dagstanden. Nämlich wie die Kleine dann so acht, neun war, da hab' ich sie auch schon allein lassen können und dann hab' ich wieder serviert abbm Zehnerjahr und da kriegst du natürlich schon viel mehr heraus, vor allen mitten Trinkgeld, wenn du einen voll guten Schmäh hast und ein bisserl mit die Mannsbilder schäkerst.

Wenn ich in der Nacht heimkommen bin, hab' ich natürlich keine Energie mehr ghabt, dass ich mich um die Kleine und ihre Schulsachen und Aufgaben kümmer, aber die Sarah ist recht hell auf der Platten und hat immer gut glernt. Wenn ich frei gehabt hab' an die zwei Tag, da hab' ich mich schon gekümmert um sie. Nur mit die Männer isses dann ziemlich vorbei gwesen, wenn ich nicht mit einen in der Nacht abgezogen bin womöglich nach der Arbeit. Und jetzten bin ich bald dreiervierzk und die Sarah zwanzig und die arbeitet wie gsagt in einen Reisebüro und macht nebenbei die Matura nach in der Maturaschul und ist bald fertig, und jetzten möchte ich nämlich auch einmal was haben von meinen Leben, bevor ich die Überfuhr versäum und mich dann drüber ärger, was ich alles versäumt hab'.

ARNI

I haaß nit Arni, wäull i aa Schwoazeneckcha-Fenn bin, sondan nur, wäul dos Aanulf so gstöllzt kchllingt, waaßt eh. Obwohl i schon aa Aani-Fenn bin, dos is a llässiga Düpp, dea wos es ollen zaagt hod, wos a draufhot, zeascht in Füllm ols Döamineeta und donn in da Bolitikch ols Gawwanaa von Kalifoanien. Dos waa wos, hä, i maan, wonn du so aa Karrjeah mochst und eascht aa Füllmschtaa bist, auf den wos die Wähwa fliagn und donn aa Bolitikcha, dea wos kaane Boddigaad nit braucht, wäull, hä, du sixtas joo, wonn du von den aane getuscht kriagst, eakennt die däh Muatta nua mea on da Bluadgruppm, bist du deppad. Und wia du wieda hintakimmst aus Amerikcha, wiast no zu aana Oat Wähsn, den wos die Llähd um Rot und Tot frogn und dea wos ollas Meeglliche schponsan duad, waaßt eh. Naa, dea is schon aa kuulla Düpp, da Aani. Oba gonz eallich: Aani hom sie schon zu mia in Koppl gsogt, in da Volksschul, Koppl om Kroppfölld, waaßt eh, do wo i auf die Wöllt kchumman bin, obwohl mei Muatta jo aus Obakeantn gwesn is, waaßt eh, aus Möllbrückche nemmlich. Wia sie mein Fottan kchennangleant hod bei so an Summafestll von da Frähwülligen Fähjaweah in Biazöllt, is sie noch Koppl kchumman. Bäh Ollthofm is dos, und Guttaring is aa glläh in da Näh, dos wos sie olle folsch aussprechen, wonn sie Zuagraaste san. Wonn a Zuagraasta waaß, dos Guttaring Guttaaaring haaßt und Trebesing nit Trebeeesing, sondan Treeebesing, hä, donn kennt aa si schon gonz guat aus bäh uns.

Geeng de Guttaaaringa homma mia imma Fuaßboll gschpüllt, dos woa aa richtix Daabi und es hot doppelt gezöhllt, wonn du gwunnan host. In die Hauptschul bin i donn in Olthofm gongan, wäull duatn woa da Bruada von mähn Votta Diarekchta, dea hot auf mi aufpassn solln, wäul i woa a bissalle aa Schllawina, waaßt eh. I hob donn Ellllektrika glleand in Trähboch und bin nochn Bundeshea zun Funder in Sankt Väht. Da Fundamax is donn vom Kaindll gekaaft wuan und i hob mi nocha bolld söllbständich gmocht noch da Maastaprüfung.

Do hob i donn joahrellong mähn ähganan Betrieb gehobt, domols, wia da Hähda Jöagll Londeshauptmonn woa, bist du uandllich gföadat wuan, hä, dos woa schon wos Llässiges. Jo, und an Beasch und zwaa Diandallan hob i aa, ochtazwanzke, sechsazwanzke und dreiazwanzke san se, und i hob füll Frähd mit senen ghobt, wia sie no kchllaana woan. Jetzt san sie natiallich iewa olle Beag mit senare Partna, aa die Kllaanste. Olso mit mähn Wähwalle hob is jo aa guat ghobt, oba dos is lläda fuabäh, und jetzt samma gschieden. I hob holt nie wegschaun kennan, wonn aane feschn Wähwallähd aufgetaucht san. Du kimmst jo füll herum in mähn Beruf, hä, und dos hot sähne Fuatäulle, wonn du allaanich untawegs bist, so wia i dos gean gholten hob. Do kimmst imma wieda in Hausholte, wo da Monn in da Hockchn is oda auf Montaasch oda Diensträhße und säh Wähwalle is allaanich dahaam und mocht da scheene Augn und sogt, doss sie aa no bis auf d' Nocht allaanich is oda lei goa bis nexte Wochn, und hä, den mecht i sähgn, dea wos do nit waaß, wia dos gmaand is.

Oba waaßt eh, sowos spricht si iagndwonn herum in Beziakch, und fuar a poa Joah isses mähna Oltn zfüll wuan. I hob blehdawähs mäh Smaatfoon dahaam lliegn lossn und sie hod mähne SMS und Ii-Möhll duachgschaud. Mea hob i nit gebraucht! Do is a richtiga Wabmteifll aus ia wuan, aus da Sandra. A Joa llong homma ma mia no ummanondagstriedn und si donn schähdn llossn. Sie hot ma uandllich die Zähnd gezaagt, und wäull in mähn Betrieb a gonz a scheena Haufm Gölld von iah drinnan gesteckcht is, hot sie ma dos Meesa ongsetzt und mi ohgrammt wiar an Kchrisstbaam. In Betrieb how i fakaafm miaßn und mä Olte auszohln und die Schuldn aa, und donn bin i dogschtondn mit lleare Hänt und lleare Toschn, und wäull des jo aar a Schond is, woar i froh, dossi in Wean a unsöllbständige Schtöll gekriagt hob und a kchlaane Wohnung dazua, de wos i ma dalleistn konn.

No fräullich tuad es mia llaad, oba fuabäh is fuabäh. Nua zun Allaanichsähn bin i noo a bissalle z'jung mit mähne zwaarafuchzke und i mechat jo wos Fixes. Dos mit de Wähwa, de wos zfüll allaanich san und de wos sie so scheen tresten lossn wolln, dos funkchtioniat nua richtich guat, wonn du vahährat bist – sozusogn duat is Rissiko und dahaam die Sihahäht. Und dos hob i oft gnua ghobt und hä, bäh aana Nähchn muaßt du jo voll und gonz dähn Monn stölln und ia zaagn, wos in dia, und donn fua ollm, wos donn in ia steckcht, waaßt eh. Auf jeden Foll bin i do jetzt bäh Partnallook und hoff, doss es sich auszohlt und i wos findt, ohne doss i mi füll onstrengan muaß bähn Suachn.

KARO

Also der Herr Doktor Tolbuchin stellt da immer so einen Beschreibungsbogen zusammen, also eigentlich tut es seine Frau angeblich, nicht? Und in dem steht drinnen, wie man so ist, also sozusagen vom Aussehen angefangen bis zu den Vorzügen und Vorlieben, und den Interessen und dem Bildungsgrad und den Hobbys. Und ich habe irgendwie nicht gewusst, wie ich mich beschreiben würde, und da hat der Herr Tolbuchin, der also die Notizen macht, die dann von seiner Frau in den Beschreibungsbogen hineingeschrieben werden, und er schaut also auf von seinen Notizen und sagt:

Wenn Sie sich vergleichen würden mit einer öffentlich sehr bekannten Dame, welche tät' da in Frage kommen?

Ich vergleich mich nie, aber im Büro haben sie schon öfter gesagt, ich schau' irgendwie aus wie die Dünnberg, also diese kleine Umweltaktivistin, natürlich die Dünnberg mit so dreißig, fünfunddreißig, und das war sehr lieb von den Kolleginnen und Kollegen, weil ich bin in Wirklichkeit fünfundvierzig, nicht wahr? Aber ich habe mich immer gefragt, wie das also gemeint ist und in was für einer Hinsicht ich sie sozusagen an die Dünnberg erinnere. Ist es das Gesicht, wegen der Frisur, oder die ganze Statur oder die Oberweite, also weil ich natürlich wirklich ziemlich zierlich bin, nicht? Oder ist es ganz einfach die Art und Weise? Ich meine, das Aspergersyndrom habe ich, glaub' ich, eher nicht, nicht? Aber man sieht sich ja sozusagen nicht von außen, nicht wahr?

Wir haben dann also ein irgendwie sehr treffendes Profil der Karoline Kvetina zusammengebracht, da war das Treffen mit der Frau Tolbuchin sehr wichtig, für die Korrektur und so, nicht?

Ich bin fünfundvierzig, aber deutlich jünger aussehend, warmherzig, tolerant und von heiterer, harmonischer Gemütsruhe, was nicht heißt, dass ich kein Temperament habe. Ich kann mich durchaus eine Menschenfreundin nennen und in Gesellschaft aus mir herausgehen.

Nach der Matura an einer Handelsakademie der Wiener Kaufmannschaft habe ich in der Personalabteilung eines großen Handelsunternehmens angefangen und bin nach einigen Jahren als Sekretärin in einer Krankenanstalt und Fortbildung in EDV und Sprachen in den administrativen Bereich eines der größten Verpackungsmultis Österreichs gewechselt, wo ich auch noch immer tätig bin.

Ich interessiere mich für Theater, Operetten und Musicals und lese sehr viel, vor allem Fantasy, Krimis und Liebesgeschichten. In meiner Freizeit betreibe ich zudem Sport (Wandern, Laufen, Schneeschuhwandern) oder baumle einfach mit der Seele. Zudem kann ich mich als durchaus religiös bezeichnen. Ich glaube an den einen Gott der Christenheit, ohne den ich mir weder die Entstehung des Universums noch irgendeinen tieferen Sinn meines Lebens vorzustellen vermag. Ich bin ein sehr geduldiger und – wie ich glaube – einfühlsamer Mensch. Geboren bin ich zu Wien im Zeichen der Waage, und mithin also sehr ausgeglichen.

Leider ist mir hinsichtlich einer Partnerschaft bislang das Glück nicht hold gewesen. Von einem Partner würde ich mir Interesse und Verständnis für meine Persönlichkeit wünschen, Treue, Zärtlichkeit und Geborgenheit.

Mein Motto: Für das Glück ist es nie zu spät.

Ich bin also recht zufrieden mit diesem Profil und sage mir: Karoline, das bist schon du, wie du leibst und lebst. Freilich führt man ja sozusagen nur seine Stärken ins Treffen, nicht seine Schwächen, nicht wahr? Allzu viel Gefühlsduselei habe ich mir natürlich verbeten, das passt also irgendwie nicht zu mir, und irgendwelche Anspielungen auf sexuelle Erwartungen oder Eigenheiten halte ich sowieso für entbehrlich.

Als Kind und auch in der Pubertät war ich oft krank. Ich habe mit Mutti allein zusammengelebt, weil sich mein sauberer Erzeuger ja schon zurückgezogen hatte, als ich noch ein Kleinkind gewesen war. Ich kenne ihn also nicht persönlich, nicht wahr, habe keine Fotografie und irgendwie überhaupt kein Bild von ihm und auch Mutti hat ihn kaum je eines Wortes gewürdigt. Als ich bereits vierzehn Jahre alt war, wollte er plötzlich sozusagen in mein Leben treten; ich weiß nicht, warum. Wenn es ein schlechtes Gewissen war, hat es sich also reichlich spät bemerkbar gemacht, nicht wahr? Jedenfalls haben Mutti und ich ihn schriftlich davon informiert, dass uns ein Treffen mit ihm mehr als unwillkommen wäre. Er hat also davon Abstand genommen und ist aber immerhin weiterhin seinen gesetzlich festgelegten finanziellen Verpflichtungen nachgekommen, bis ich begonnen habe, mein eigenes Brot zu verdienen, worauf ich dann, wie ich meine, verständlicherweise besonders stolz war.

Mutti und ich waren füreinander da und ich habe mich also voll und ganz auf meine schulische Ausbildung konzentriert, um niemandem mehr zur Last zu fallen, nicht? Mutti hat eine sehr labile Gesundheit gehabt und ich habe sie also gepflegt und unterstützt, wo es nur möglich war und natürlich soweit es meine beruflichen Verpflichtungen erlaubt haben. Vor drei Jahren ist sie dann leider verstorben, was mich sehr getroffen hat.

In jedem Fall gab es für mich so gut wie keine Gelegenheit und auch keine Zeit, mir mit einem Mann etwas anzufangen. Ja, und vielleicht ist meine Bewerbung oder Registrierung oder wie man da sagt – also jene bei *Partnerlook* – sozusagen nur eine Laune, ein Versuch, der Wunsch, einmal etwas Neues auszuprobieren. Wir werden sehen. Auf jeden Fall gibt es regelmäßige Gruppentreffen und vielleicht auch demnächst eine Schreibwerkstatt. Ich sage mir: Karoline, das kann ja ganz interessant werden; deine ewige oder auch bloß temporäre Seligkeit wird davon also freilich gewiss nicht abhängen, nicht wahr?

MAX

Und am Freitag wieder diese Selbsterfahrungsscharlatanerie bei Tolbuchins Kuppeleikollektiv. Thema: Wie halten wir es mit der Religion? Religionsreflexionsgruppendynamik. Partnerlook schreckt vor nichts zurück, wenn es sich rechnet.

Ich habe Erfahrung damit, meine kulante – wenn schon nicht originelle – Seite in eschatologischen Belangen zu zeigen. Da gibt es ein weites Feld der Kompensationsfreudebereitung, um mich meinem Eheweib erträglicher zu machen. Hanni ist eine in der Theorie beinahe praktizierende Katholikin. Als Jungscharmaid war sie praktisch praktizierend. Diese Sozialisation hat sie später nicht daran gehindert, ein recht buntes Sexualleben zu führen. Je nun, man kann in zwei völlig verschiedenen Welten gleichzeitig existieren: Ein Kind füttert seinen Teddybären, fürchtet aber nicht, dieser würde verhungern, wenn es das nicht tut. Noch immer glaubt Hanni ohne Einschränkung. Sie feiert bewegliche wie unbewegliche Feste, liebt entsprechende Kirchgänge, bei denen ich sie zumeist begleite, zum Preis einer Mischung aus Langeweile, Fremdscham und dem akuten Unbehagen des Darstellers in einem falschen Film. Neben den kirchenjährlichen Seelenmessen für Hannis Eltern und Verwandte lasse ich weihnachtliche Mitternachtsmetten, christ-, gründonners- und ostersonntägliche Hochämter, Himmelfahrtsandachten beiderlei Art, Maiandachten, Pfingstmessen und Allerheiligenfeiern über mich ergehen.

Immerhin bleiben mir Beichtgeflüster, Lossprechung und das Oblatengemümmel der heiligen Kommunion erspart. Weder Hanni noch ich dürfen uns eucharistisch laben, sind wir doch beide – horribile dictu! – zweitverheiratet und leben somit – vatikanisch vom heiligen Polstersessel herunter betrachtet – im Konkubinat. Den Satzungen der barmherzigen Mutter Kirche gemäß ist das heilige Sakrament oder Experiment der Ehe ja – so das Partnergeschöpf nicht das Zeitliche gesegnet hat – einmalig und unwiederholbar. Für die mit einem gewalttätigen Arschloch verehelichte Frau ist im Trennungsfall Keuschheit lebenslänglich von der Vorsehung vorgesehen; für den mit einem neurotisch-hypochondrischen Trampel getrauten Mann gilt dasselbe. Allenfalls kann der entehelichte Mensch bei diversem Prostitutionspersonal Trost finden und sich danach im Besinnen, Bereuen, Beten, Beichten und Büßen üben. Gottes Sohn ist ja ans Kreuz genagelt worden, damit uns immer wieder aufs Neue Nachlass unserer Sünden gewährt werde. Meine Frau und ich sind gewissermaßen noch immer mit unseren Erstgesponsen verheiratet. Auch wenn sich diese wohl bedanken würden, müssten sie die Ehe mit uns wiederaufnehmen, um ins Himmelreich einzugehen.

Übrigens liebe ich geistliche Musik, weshalb ich doch recht oft in eigener Sache in die Kirche gehe. Das Weihnachtsoratorium, die Hohe Messe in h-Moll oder die Matthäuspassion rühren mich zu Tränen, Bach ist Protestant wie Händel, Telemann oder Buxtehude und die Lutheraner sind mir sowieso lieber als diese verluderten Katholiken, vor allem aber verunsichert er mich: Wenn ich Sakralmusik von Bach höre, werde ich für kurze Zeit beinah gläubig. Freilich bin ich auch süchtig nach den katholischen Sakralharmonien von Monteverdi, Vivaldi, Fux, Schmelzer oder Zelenka. Wenn nicht anders möglich, nehme ich dafür durchaus ein Rahmenprogramm aus Gebetsgefasel, liturgiegedrungenem Phrasendreschen und sterbenslangweiliger Predigerrhetorik in Kauf. Das ist ein Rudiment aus meiner tiefgläubigen Knabenzeit und zwei Jahren im Kirchenchor. Der schönste Choral aller Zeiten ist für mich *Jesus bleibet meine Freude,* und Jesus finde ich tatsächlich weit liebenswürdiger als jeden anderen Lebendigen oder Toten. Ich glaube, ich habe seine Botschaft verstanden, bloß scheitere ich meistens an deren Umsetzung in meinem alltäglichen Dasein. Jesus ist eine wirkliche Lichtgestalt, gewaltlos, humanistisch und wohltätig, wahrscheinlich ein Frauen- und Weinliebhaber. Sein angeblicher Vater hat mit Frauen absolut nichts am Hut und er dürfte Abstinenzler sein; ich kenne jedenfalls keine einzige Bibelstelle, in der er einen (oder eine) zur Brust nehmen würde. Entweder ist Jesus nicht der Sohn dieses rabiaten Gewalttäters Sabaoth oder er hat gegen ihn rebelliert und ist *dafür* ans Kreuz genagelt worden. Dass er uns von irgendetwas erlöst hat, glaube ich freilich nicht: Der Mensch hat sich ganz einfach nicht erlösen lassen. Er ist unerlösbar. Wenn man sich diese Welt anschaut und behauptet, homo sapientiae capans sei erlöst, dann sind Dummheit, Feigheit, Gewalttätigkeit, Neid, Gier, Verlogenheit und Heuchelei die sieben Kardinaltugenden.

Wie dem auch sei, es gibt ja eigentlich nur eine abrahamitisch-monotheistische Religion, nämlich die jüdische. Das Christentum und der Islam sind bloße Plagiate, ihre Propheten die geistigen Väter zahlloser Schwerverbrecher. Die Juden sind noch am tolerantesten: Sie missionieren nicht und meinen, auch ein moralisch anständiger Andersgläubiger könne in eine lebenswerte Ewigkeit eingehen. Das Christentum war und der Islam ist noch immer eine Besserwisser-, Missionierungsmaniker- und Konfliktanstiftungsreligion mit unerschöpflichem Gewaltpotential. Siehe Sure neun. Da weiß man, was man hat: Erschlagt die Frevler, wo ihr sie findet. Das zeitgenössische Christentum wirkt weniger gewaltbesessen als sein islamischer Plagiatsverwandter, ist es ja um sechs Jahrhunderte älter und hat seine wesentlichen Verbrechen wie Inquisition, Hexenverfolgung, Kreuzzüge und völkermordende Missionierungs- und Kolonialisierungskriminalität bereits hinter sich. Dazu leidet es vielerlands an Nachwuchsmangel, während man sich in islamischen Welten noch immer mit Feuereifer vermehrt und vor allem nicht aus seinem Glaubensverein austreten kann. Diese Religion hat noch viel Zukunft.

Das Christentum hat die heilige Kriegsführung aufgegeben und die auf ihm fußende Kulturgemeinschaft (von der ein Teil allerdings den Holocaust zu verantworten hat) begeht ihre Verbrechen heutzutage meist indirekt, auf eine weniger auffällige Art und Weise: zum Beispiel im Wirtschaftsleben, wenn Produktionen in die Dritte Welt ausgelagert, die dortige Biosphäre zerstört, Ressourcen gestohlen und den Arbeitskräften Hungerlöhne ausbezahlt werden. Besonders niederträchtig und einflussreich ist der Prädestinationswahn bestimmter protestantischer – meist transatlantischer – Schulen: Wenn es jemandem schlecht geht, dann kann ihn Gott eben nicht ausstehen und irgendwie geschieht ihm Recht; da hilft kein Beten und kein Büßen: Wir sind von Geburt an aufgrund der Laune des Herrn entweder heilsgewiss oder garantiert verdammt. Amen. Ein freier Wille existiert nicht, da Gott ja allwissend ist und daher vorausweiß, was wir auf seinem Planeten so treiben werden. Kismet.

Wenigstens gibt es keine christlichen Glaubenskartelle mehr, die zur Tötung von Frevlern wie agnostischen Kabarettisten oder Karikaturisten aufhetzen. Selbst der schwachsinnige christistische Prophet Donald Trump lässt niemanden umbringen, der ihn als das darstellt, was er ist: eine Karikatur. Islam-Fanatiker hingegen murksen Allah- oder Prophetenbeleidiger gnadenlos ab, fahren mit LKWs harmlose Adventsmarktbesucher, Spaziergänger und muslimische Glaubensgeschwister tot, sprengen wahllos Menschen in die Luft, knallen sie ab, stechen sie nieder, köpfen sie. Zum Lohn dafür – so meinen diese gemeingefährlichen Irren – winke ihnen der siebente Himmel mit dienstbaren Jungfrauen, permanenter Potenz und Sexualappetenz.

Den Frauen winkt nichts Vergleichbares an Beglücktheitszuständen. Aber die sind eben nur Frauen, ähnlich selber schuld wie die Armen der US-protestantischen Prädestinationschrististen.

Das Vorbild aller Abrahamiten ist der freilich von den Juden erfundene Massenmördergott Theos Sabaoth Jahwallah. Für immer wird er ihr Ideal bleiben, ihr Schöpfer, ihr Peiniger, ihr zeuswotanisches Schreckgespenst. Im Neuen Testament kommt er – man möchte sagen: Gott sei Dank – eigentlich nicht mehr vor, da dürfte das Christliche unbewusste Verdrängungsarbeit geleistet haben. Ja, und Jesus sagt: Liebe deinen Nächsten wie dich selbst. Er sagt nicht: Beute die Armen aus, ruiniere ihren Grund und Boden, führe heilige Kriege, sei absolut intolerant, massakriere Andersgläubige und solche, die du zu Ungläubigen erklärt hast. Aber Jesus widerspricht ja seinem angeblichen Vater andauernd, in Wort und Tat. Dem jüdischen Jahwe und dem islamischen Allah widerspricht niemand; diese beiden werden von keinem wahrhaft Gläubigen relativiert. Auf jeden Fall sind alle drei Varianten des Sologottes Sabaoth Jahwallah menschliche Erfindungen mit unmenschlichen Konsequenzen. Jesus und Buddha haben wirklich existiert: menschliche Ausnahmemenschen.

Übrigens verstehe ich nicht, warum Gottvater männlich sein soll. Tut mir leid, aber eine Göttinmutter wäre mir nicht nur lieber, ich fände sie auch logischer. Eine Schöpferin wie unsere Mütter, die ihren Kindern ja im Allgemeinen wesentlich besser gesonnen sind als dieses maskuline Götterpack à la Allah, Jahwe und Zebaoth, die ihre Abkömmlinge oft genug misshandeln, missbrauchen oder einfach vernachlässigen und im Stich lassen.

Jedenfalls: Religion kann (muss aber nicht) ihre Ausübenden radikalisieren, brutalisieren oder schlicht verblöden. Die Jungferngeburt Jesu, die reale Präsenz Jesu in der katholischen Kommunionsoblate, die jeden Oblaten mümmelnden Katholiken zum Kannibalen stempelt, die Allwissenheit Gottes bei gleichzeitiger Willensfreiheit des Menschen, der siebente Himmel mit den immerwährend paarungsbereiten Jungfrauen, die Seelenwanderung: Derlei Hirngespinste bilden die Grundlage des Verblödungspotentials von Religionen. Religion ist der Todfeind der Vernunft und jeglicher demokratisch-liberalen Gesellschaft. In der Religionswelt wird männlich-absolutistisch regiert, auf der Basis von Denkverboten, Gehirnwäsche und Gewaltanwendung. Männlich eben. Frauen werden als Menschen zweiter Wahl behandelt und darum darf es keine Imaminnen, Päpstinnen oder Priesterinnen geben. (Immerhin gibt es Rabbinerinnen!)

In besonders inbrünstig gläubigen Gesellschaften identifizieren sich die niederdressierten Frauen mit ihren männlichen Aggressoren. Je mehr Einfluss die Religion in einem Staat hat, desto absurder seine Gesetze. Das war schon immer so. Der Gottesstaat ist die Hölle auf Erden und logischerweise findet man ihn heutzutage – vom Vatikan abgesehen – ausschließlich in der islamischen Welt. Kein Wunder, dass friedliche islamische Demokratien mit den Fingern einer Hand abzählbar sind. Alle friedlichen demokratischen Kulturgemeinschaften haben die Verblödungs- und Vergewaltigungshölle des Gottesstaates überwunden, er hat aber in Form der profanen Diktatur überlebt, und es gibt auf diesem Planeten deutlich mehr Diktaturen als Demokratien: Der jeweilige Diktator – ja: stets männlich! – ist der Allmächtige, dem es zu huldigen gilt wie einem Gott, unserm Herrn. Selbst wenn er ein ungehobelter und unansehnlicher Trottel ist wie Donald Trump, ein bildungsferner Muselmacho wie Recep Tayyip Erdoğan, ein lächerlicher Fettbatzen wie Kim Jong-un, ein eiskalt lügender, kleinwüchsiger Megalomane wie Putin: Er wird frenetisch bejubelt und in steter Proskynesenbereitschaft verehrt, ein Mensch gewordenes Virus, das als Katalysator Arschkriecherei, Verlogenheit und Denunziantentum epidemisch verbreitet: auf der Basis eines religiösen Erbes, oft ohne Religionsausübung und dennoch wider die menschliche Vernunft.

Jedenfalls: Zum Teufel mit Gott und der Religion. Vielleicht sollte ich bei Partnerlooks Religionsreflexionsveranstaltung zur Einstimmung mein Unglaubensbekenntnis zum Schlechtesten geben:

Ich glaube an keinen Gott, den allmächtigen Vater. Allmächtige Väter sind mir in der Seele zuwider.

Ich glaube an keinen Schöpfer des Himmels und der Erde; die sind wahrscheinlich zufällig entstanden, auf der Basis von Amino- und Carbonsäuren.

Ich glaube an kein *intelligent design* eines allwissenden Kreators: Der müsste ein zerstreuter Daniel Düsentrieb sein, so chaotisch und lebensfeindlich ist der Kosmos.

Ich glaube nicht, dass Jesus Christus der Sohn eines allmächtigen Schöpfers und – vom Heiligen Geist empfangen – aus einer Jungfrau geboren ist. Heilige Geister ejakulieren nicht, *virgines intactae* gebären nur nach künstlicher Befruchtung, und eine solche wird Primarius Doktor Gott sich wohl nicht angetan haben. Man stelle sich vor: Michelangelos Schöpfergeschöpf bei der Samenspende!

Ich glaube nicht, dass Jesus ans Kreuz genagelt wurde, um uns von der Erbsünde zu erlösen, sondern weil er der jüdischen Orthodoxie ebenso ein Dorn im Fleisch war wie den römischen Kolonialherren.

Ich glaube an keine Erbsünde. Wenn es sie gäbe, wäre sie die Sünde jenes zerstreuten Daniel Düsentrieb, der in seiner Allwissenheit und Allmacht ja wissen musste, was für eine Art von Ebenbild er da produziert.

Ich glaube nicht, dass der liebenswerte Jesus neben einem gewalttätigen Gottvater sitzt und von dannen kommen wird zu richten die Lebendigen und die Leichen. Jesus richtet nicht.

Ich glaube nicht an die heilige katholische Kirche, die einst die grausamsten Verbrechen begangen hat und heute noch immer ein autoritärer, reaktionärer, verklemmter und kinderschänderischer Männerklub ist, den man auf den Mond schießen sollte.

Ich glaube weder an den Nachlass meiner Sünden noch an die Auferstehung meines Kadavers von den Toten noch an ein ewiges Leben, sondern an meine nachhaltige Kompostierung. Amen.

BERTHA

Und dann hat der Max bei der Encounter Group über Religion und Dings so einen chronischen Atheismus abgelassen, Marke: Der Mensch hat Gott nach seinem Bild erschaffen und Religion ist Opium für das Volk und die Todfeindin von Vernunft und egalitärer Demokratie und Dings und, wie gesagt, wenn er sich so hineinsteigert auf zweihundert zu hundertzwanzig, isser richtig süß, trotz seiner etwas übergroßen Incisivi. Vor allem als er sein Unglaubensbekenntnis vorgelesen hat, hab' ich mir gedacht: Fuck, das ist schon ein heißer Typ. Natürlich sind die anderen über ihn hergefallen, von wegen dass er da Gefühle verletzt und sich mäßigen soll und Dings, und da hat er so ganz urcool gesagt, bei einer Encounter Group muss man schon für alles offen und ehrlich sein, sonst ist sie für Arsch und Friedrich; und da hat der Mick gefragt, woher das kommt, für Arsch und Friedrich, und der Max sei doch ein Germanist und Linguist und Dings; und der Max sagt, es kommt von den Preußen und Arsch klamm für Friedrich, also den Alten Fritz in Sanssouci, strammstehen in Reih und Penis, damit der Alte Fritz happy ist und die *musculi glutaei maximi* oder Arschmuskeln von den Soldaten nicht schlaff werden, weil die hat der Alte Fritz gern knackig. Ich hab' ihn nachher gefragt, ob er das improvisiert hat, und er sagt: Was sonst? Mutterwitziges Extempore, lehrstuhltauglich.

Wir sind mittlerweile eh öfter zusammen als Viererteam, der Max, der Mick, die Hanni und ich. Hat sich einfach so ergeben. Ehrlich gesagt bin ich unsicher, wer auf wen scharf ist und ob womöglich schon zwischen dem Max oder dem Mick und der Hanni was gelaufen ist, und ich sitz' zwischen zwei Sesseln. Und dann hat der Max gesagt, er fährt ein paar Tage in sein Knusperhäuschen nach Aussee, und die Hanni hat zu einer Hochzeitsmesse nach Innsbruck müssen und der Mick geschäftlich nach Holland, und da hab' ich mir gedacht: Die Konkurrenz ist weg, it's now or never, und hab' den Max angerufen und ihn gefragt, was er so macht als Strohwitwer und in Aussee, und er hat gesagt, er geht Schi fahren in Tauplitz und am Loser und Langlaufen und Dings und außerdem will er was lesen und was komponieren und Musik machen und so; und ich denk' mir, wenn einer sagt, er macht so viel, weiß er wahrscheinlich nicht, was er tun soll mit sich, und ich sag': Ich hab' drei Tage frei an der Klinik und bin in meinem Haus in Haus allein, und wir könnten uns ja treffen beim Schifahren oder so, weil es ist ja nur eine Dreiviertelstunde mit dem Auto von Haus nach Aussee. Und er zögert ein bisserl und sagt dann ja, warum nicht, und fragt: Kommst du zu mir oder komm' ich zu dir; und in Haus sind ja viel mehr Möglichkeiten fürs Schifahren und Dings.

Also sind wir dann richtig am Kaibling und auf der Planai gefahren und der Max war ein charming boy. Fährt übrigens voll gut und ist beweglich und Dings wie ein Junger. Grad dass ich so halbwegs mitgekommen bin, aber er ist eh ganz rücksichtsvoll und Dings. Wie es mich hingehaut hat, hat er mir ganz gekonnt aufgeholfen und mir, wie ich wieder gestanden bin, so ganz tief in die Augen geschaut – und da wird dir kribbelig und die möcht' ich sehen, die da sich da nicht etwas denkt in Sachen Das und Dings und Derlei. Ehrlich gesagt hätt' ich mich am liebsten noch einmal hingehaut, aber man soll nicht übertreiben. Wie ich ihn dann zum Après-Ski zu mir einlade, sagt er doch glatt nein, er fährt jetzt nach Haus nach Aussee, weil er will wirklich noch arbeiten und ein bisserl musizieren und vielleicht was komponieren und Dings.

Na ja, klarer Fall von Fehldiagnose, denk' ich mir, aber dann sagt er nach dem beidseitigen Wangenküsschen: vielleicht morgen und zur Abwechslung bei mir, und hope returns. Vielleicht ist er in Wahrheit ein Schüchti oder Klemmi oder er will die beidseitige Appetenz durch Hinauszögerung steigern oder hat seine Potenzpillen daheim liegen lassen oder was weiß ich, hab' ich mir gedacht.

Am nächsten Tag sind wir also auf der Tauplitz herumgefahren, aber erst am Nachmittag, weil der Max am Vormittag noch unbedingt langlaufen wollen hat. Der Langlauf bringe sportlich von der Kondition her und so wesentlich mehr als wie das alpine Pistengerutsch. Sind auch weniger Leute dort. Gut, er ist also ein Streber im Sport. Hoffentlich in anderer Hinsicht auch, denk' ich mir. Sonnenschein auf der Tauplitz, ein Scheinstürzchen auf dem Lawinenstein, galantes Aufhelfen und tief in die Augen Schauen und Dings. (Voll dunkelblaue Augen hat er, und meine himmelblau, und das passt doch gut zusammen.) Ich kenn' mich wie gesagt nicht mehr recht aus mit ihm.

Und dann sitzen wir im Ausseer Holzhaus, sehr gemütlich bei erst Kaffee und Gugelhupf und dann bei einem Glaserl Cabernet Sauvignon aus Frankreich und ich schäkere auf Teufel komm raus mit ihm herum, man hat ja seine bewährten Techniken, zum Beispiel wie man sitzt und wie man schaut und was man mit der Zunge und den Lippen macht und in welcher Stimmlage man redet und Dings, aber er bleibt total unverbindlich und wohlerzogen oder auch nur cool. Und übrigens hat's in seinem Badezimmer irgendwie nach Frauenpräsenz ausgeschaut, so kosmetikmäßig nämlich, weil eine Wimperntusche, eine Gesichtsmaske, einen Lippenstift und einen Nagellack von Yves Saint Laurent benutzt der Herr Hausherr ja unter Garantie nicht. Vielleicht will er ja allzeit bereit sein, wenn eine kommt. Oder es gibt da eben schon eine, die sich bei ihm ziemlich zu Hause fühlt.

Und auf einmal sagt der Max:

Ich weiß schon, dass wir jetzt miteinander schlafen könnten, aber ... bitte nein, danke.

Gefall' ich dir nicht? sag' ich und denk' mir im gleichen Moment „Du blöde Kuh" und spüre, dass ich rot werde. O, fuck, sowas Deppertes!

Nein, eh, passt schon. Du bist eine in jeder Hinsicht interessante Frau, aber du wirst es nicht glauben, ich hab' es auf die Hanni abgesehen und …

Ist da schon was gelaufen?

Hab' ich gefragt, und er:

Mhm.

Und ich frag':

Ist das ein Hindernis?

Und, na ja, das war wohl auch nicht das Gescheiteste. Und er sagt:

Na ja, schon irgendwie, oder nicht?

Ist aber schon schade,

sag' ich auch noch. Und er:

Ich hab' mich da sozusagen schon entschieden. Also bleib' ich quasi treu.

Schade, schade,

sag' ich noch einmal und:

Bis auf Weiteres jedenfalls,

sagt der Max.

Vielleicht hat das ein Trost sein sollen, wie gesagt, ich kenn' mich bei dem Max nicht aus und das ist schon lange her, dass ich mich bei einem Mann nicht ausgekannt habe, weil die meisten durchschaust du als Frau doch voll easy. Ich meine, entschuldige, einer, der dich nach dem Schifahren in seine sturmfreie Bude einlädt und Dings, was wird der im Normalfall vorhaben? Mir seine Briefmarkensammlung zeigen oder sich von mir den Blutdruck messen lassen oder seine Anamnese erzählen?

Na, da kann man nix machen. Bis auf Weiteres jedenfalls. Bis auf Weiteres jedenfalls werde ich mich mehr an den Mick halten, hab' ich mir vorgenommen, oder vielleicht an diesen Schreiberling Oliver. Der ist halt um etliche Jährchen jünger als ich und außerdem ein ziemlich eitler Gimpel und voll in sich selber verliebt. Na ja, vielleicht hat er auch Grund dazu. Leider ist das Leben halt kein Wunschkonzert.

HANNI

Also der Auftritt vom Max mit dem Unglaubensbekenntnis in der Encounter Group, der war schon urpeinlich, weißt du, da möchtest du im Erdboden versinken, aber voll und in echt. Wisst ihr, ich kenne diesen Mann überhaupt nicht, hätt' ich am liebsten gesagt, aber das war schon die siebente Encounter-Group-Session. Und der Max sagt, in so einem Selbstbespieglungsseminar muss man offen und ehrlich sein, oder nicht, und das sei er eben jetzt gerade gewesen, und die Offenheit und die Ehrlichkeit, die sind halt nicht immer angenehm. Da hätte man sowas eben nicht machen dürfen, genau, wenn man nur „politisch korrektes Angepasstheitsblabla" hören will.

Na, sie sind ihn daraufhin ganz schön angegangen, die andern, und er ist dagesessen und hat mit keiner Wimper gezuckt und zum Schluss gesagt:

So offen und so aufrichtig und so schön rabiat wärt ihr nie gewesen, wenn alle nur was Braves und Liebes und Unverfängliches gesagt hätten. Ist doch schön, wenn man ein bisserl mit der Sau Gassi gehen kann.

So isser halt, der Herr Maximilian Opitz. Okee, ich glaub, es war auch wegen dem Therapeuten, dem Striegel, den was der Tolbuchin jetzt für die Groupies engagiert hat. Wenn der Max vorher gewusst hätte, dass es außer der Gruppe auch noch einen Therapeuten gibt, dann hätte er auf Partnerlook gepfiffen, glaub' ich. Bis jetzt hat der Therapeut praktisch eh überhaupt nix getan und kaum was geredet.

Betrachten S' mich als Katalysator,

hat er mit seiner hohen Stimme gesagt, die immer so klingt, als ob er einen Schnupfen hätt',

und der Max:

Nur dass ein Katalysator üblicherweise was bewirkt, von Altgriechisch Katàlysis, eigentlich „Auflösung" …

und:
die kommt auf jeden Fall,
der Therapeut.

Ich glaub', ein paar müssen rein geglaubt haben, der Therapeut ist auch auf Partnersuche, oder nicht? Der Max hat ihn natürlich provozieren wollen, damit er herausgeht aus sich ... und, und ... na weißt eh.

Okee, ich hab' dann nach Innsbruck zu der Messe müssen und bin total happy gewesen, dass ich einen Tapetenwechsel hab', weißt du? Allzu viel Zeit hast du natürlich nicht untertags, aber Innsbruck ist eine urschöne Stadt und da kannst du viel unternehmen, Kulturelles und so. Na ja, und dann geh ich am Abend so mit zwei deutschen Ausstellern, von denen mir der eine – der Hans-Dieter – eh schon die ganze Zeit den Hof macht, weißt du, in der Maria-Theresien-Straße spazieren, so Richtung Goldenes Dachl, und da klingelt mein Smartphone ... Und wer ist dran? Na, was glaubst du? Na, der gute Mick Schmelar natürlich.

Und ich sag', das ist aber eine nette Überraschung, und er, er lädt mich zum Abendessen ein, und ich: Ich hab' schon, obwohl's nicht stimmt und ich nur auf Diät bin, weißt du, so zwischen gedämpftem Gemüse, rohen Karotten und dünner Hendlsuppe, und da kannst du ein bisserl was loswerden, also ich probier's einfach einmal, oder nicht?

Und ... genau, der Mick Schmelar also ... der was irgendwie scharf auf mich ist, der sagt also: Na dann, ein Drink oder zwei in der Bar vom Grauen Bär, und gut, das sind vielleicht fünf, sechs Minuten zu Fuß, und ich sag', von mir aus, ich komm', und ruf mich an, wenn du mit dem Abendessen fertig bist, und er sagt, er kann's gar nicht erwarten und er verzichtet mit Wonne auf das Abendessen, wenn er dafür mit mir zusammen sein kann und papperlabla.

Ich bin aber noch auf ein, zwei Drinks mit den zwei Deutschen gegangen und hab' den guten Mick noch gute anderthalb Stunden warten lassen und mir das Balzgebrabbel von dem hessischen Hans-Dieter und die Lederhosenwitze von dem bayrischen Berthold gegeben. Dann hab' ich gesagt, sorry, ich hab' ein Rendezvous und muss weg. Da war mein hessischer Galan ganz schön verdattert, weil der hat sich in echt Chancen ausgerechnet gehabt.

Gut, dann also im Grauen Bär der Mick mit einer roten Rose für mich, von so einem Straßenverkäufer wahrscheinlich. Einen zunächst noch ganz leichten Zungenschlag hat er da schon gehabt. Der muss beim Abendessen und dem Warten auf mich einiges hineingekippt haben, weißt du? Das ist ganz schön ungeschickt, wenn man auf einen Aufriss aus ist, aber manche brauchen ein paar Courage-Glaserln, damit sie sich mehr zutrauen. Freilich, mit über sechzig könnte man alles schon ein bisserl gelassener und routinierter angehen, oder nicht? Schon allein deswegen, weil einem ein Korb nicht mehr viel ausmachen sollte, und ein gelungener Aufriss eigentlich auch nicht, weißt du?

Na freilich hab' ich schon längst mitgekriegt gehabt, dass der Mick scharf auf mich ist, ich bin ja nicht blöd. Man fühlt sich noch immer ein bisserl geehrt von sowas, oder nicht? Na ja, der Mick. Mit seiner Glatze und seiner Hakennase würd' er mich ein bisserl an meinen Musiklehrer, den Awedis Djambazian, erinnern, du weißt schon, aber dem Mick seine Glatze wirkt bei Weitem nicht so viril, weil dafür ist er ein bissel zu sehr aus dem Leim gegangen und hat einen ordentlichen Backhendlfriedhof. Aber okee, irgendwie hab' ich seine Anbraterei zuerst ein kleines bisserl genossen, weißt du? Er hat sich ja wirklich reingehaut mit Komplimenten aller Art, von denen er sich ein paar nie getraut hätte in nüchternem Zustand. Er hat weitergebürschtelt als wie, sogar einen Champagner hat er noch auftischen lassen, o mein Gott. Ich hab' auch aufpassen müssen, dass ich nicht angeflaschelt werd', weil mit nur der Bouillon als Unterlage, weißt du? Dass ich also eine unerhört attraktive Frau sei, also körperlich wie intellektuell (das hat schon ein bisserl wie *innelekdwell* geklungen). Und wir seien ja beide Unternehmer*Innen, auch das verbinde (er hat wirklich das Binnen-I verwendet und obwohl er schon recht streichfähig war, hat man sogar den Stern herausgehört). Meine *Proborsjonen* seien *beerfekt, beerfekt.*

Aber je mehr er gesoffen hat, desto geschmackloser ist er geworden. Er sei ein Mann mit Erfahrung, mit *Iggspiriäns.* Da könnten etliche Damen ein Liedchen singen. Und mit *seinem sexual equipment* (hat wie seggschul igwippment geklungen), da habe es sein creator voll gut mit ihm gemeint. Da könne er es einer jeden so besorgen, dass sie sich im siebenten Himmel fühlt.

Beinahe hätte ich gesagt: Was für ein Prahlarsch du bist. Stattdessen hab' ich ihn gefragt:

Was, wenn das die Bertha hören würde? Der hast du ja ganz schön den Hof gemacht.

Ah, die Bertha, ah die Bertha. Pfffft! Eh ganz nett, awa wasis die gegen dich? Nixissdie gehng dich, weil du bist irrsinnig wahnsinnig extrasuuuupisexy.

Na, aber du hast dich ganz schön weit hinausgelehnt bei der Bertha, oder nicht?

Wegwerfende Handbewegung, durch die er sich beinah selber vom Sessel gewischt hätte.

Die Bertha hat eh ihre Düppen im Schschpitaal. Der geht eh nix ab. So eine Klinik issja, issja ein richtiges Sooodom und Ehschowissen.

Der Mick hat sich Veuve Clicquot nachgeschenkt und dabei einiges danebengeschüttet. Dann hat er noch so eine wegwerfende Handbewegung gemacht, dass er fast das Glas umgeworfen hätte:

Wodduju iggsbeckt? Sie isseine Ärztin! Die hat jen Tag zwei Dutzend Männer swischen Diefinger.

Warum also nicht auch dich, nach Dienstschluss?

Nein, nein, *noddedoll,* du bist einfach … klassischer, sexi-er … du bisteinfachein Waaahnsinn.

Jedenfalls ein interessanter Abend, oder nicht? Das habe ich zum letzten Mal mit vierzehn erlebt, dass sich einer total angesoffen hat, damit er sich traut, mich anzumachen. Aber der war selber auch erst fünfzehn, so auf einer Party, weißt du, mit zu viel Gin Tonic und ein, zwei Jointerln dazwischen, und der war trotz seiner Besoffenheit bei Weitem appetitlicher als dieser Schmelarsch.

No, ich hab' jetzt wirklich genug gehabt, der Typ war ja total im Öl.

So mein Lieber, ich geh jetzt. Schau, dass du halbwegs problemfrei auf dein Zimmer kommst, und schlaf dir deinen Fetzen aus.

Awwa honey pie (sprich *Haanibei*), *don't lemmi down* … falass mich nicht.

Ich hab' ihn in seinem Barwinkerl sitzen lassen und mir noch gedacht: Der Barkeeper braucht viel Takt, Diskretion und Diplomatie, dass er diesen besoffenen Vollfettsack hinauskriegt, oder nicht? Ich bin vom Grauen Bären via Hofburg Richtung Hötting zum Mondschein. Laue Märzennacht mit nur leicht wolkigem Sternchenhimmel, Föhn und Frühlingslüfterl überm Inn.

Hab' an der Bar noch einen Aperol genommen und mir gedacht: Hanni-Mädel, eigentlich bist du ja doch gar nicht so übel dran mit deinem Ehemannsbild.

OLIVER

Ich war gerne bereit, die Einladungen zu Lesungen in den Encounter Groups anzunehmen, am liebsten natürlich in der eigenen. Man hat seitens der Gruppenmitglieder bereits von meiner literarischen Arbeit Notiz genommen und es kann niemals schaden, sozusagen die Räume der Literatur zu erweitern. In diesem Land fehlt es ja weitgehend an derartigen Räumen, an einer literaturfreundlichen und literaturinteressierten Atmosphäre, wo Literatur im notwendigen Ausmaß gedeihen kann. Man kann bei uns durchaus von literarischem Analphabetismus sprechen.

Die Statistik sagt alles: Dreiunddreißig Prozent aller Österreicherinnen und Österreicher lesen überhaupt keine Bücher, achtundvierzig Prozent tun dies selten – nämlich zirka ein Mal pro Jahr; im Landesdurchschnitt werden gerade einmal drei Komma drei Bücher per annum gelesen. Ich weiß nicht, ob Lebenshilfe-, Telefon- und Kochbücher darin inbegriffen sind, befürchte es aber. Am beliebtesten sind Sachbücher, Ratgeber und Kriminalromane. Nur zehn Prozent geben an, mindestens ein Buch pro Woche zu lesen, der Anteil jener, die mehrmals pro Woche ein Buch lesen, liegt unter einem Prozent. Was noch dazukommt, ist, dass die Anzahl der Leserinnen und Leser immer weiter absinkt. Verantwortlich dafür sind Internet, Smartphone und eine immer breitere Palette von seicht-banalen Freizeitangeboten. Viele Leute sind überhaupt nicht mehr imstande, sinnvoll zu lesen, vor allem wenn es sich um literarisch anspruchsvolle Texte handelt; sie lesen – von den neuen Medien verdorben – sozusagen bar jeglicher Sensibilität, oberflächlich und ohne Verständnis.

Bei Sachliteratur verhält es sich ganz ähnlich: Statt eines naturwissenschaftlichen oder historischen Buchs verabreicht man sich sozusagen über Wikipedia ein paar Informationseinheiten. Man hat sich dann ein paar Bits und Bytes einverleibt, die schnell verdaut und ausgeschieden sind. Die Motivation und damit auch immer mehr die Fähigkeit, etwas ins Langzeitgedächtnis aufzunehmen, ist nicht vorhanden: Man kann ja jederzeit bei Wikipedia ein zweites, drittes, zehntes Mal nachschauen.

Den größten Aderlass an Leserinnen und Lesern verzeichnet aber die Belletristik. Sie gilt ja als Freizeitvergnügen, und da gibt es am Markt Bequemeres, Unaufwändigeres als Bücher. Autorinnen und Autoren gehen in den Augen der Öffentlichkeit sozusagen einem Hobby nach. Daher sollen sie – wenn sie mit dem Schreiben zu wenig verdienen – gefälligst einer geregelten Arbeit nachgehen, heißt es. Und dass sie zu wenig verdienen, liegt auf der Hand. In Österreich ist ein Buch, das sich tausend Mal verkauft, ja eigentlich schon ein Bestseller. Ein Buch kostet – je nachdem ob Paperback oder Hardcover – zwischen 15 und 30 Euro. Bei tausend verkauften Exemplaren liegt der Nettoverlagserlös zwischen 15.000 und 30.000 Euro, wofür dem Autor beziehungsweise der Autorin bestenfalls zehn Prozent ausbezahlt werden, also 1.500 bis 3.000 Euro. *Bestenfalls,* denn oft zieht der Verlag noch die Gestehungskosten und anteilsmäßig die Vertriebskosten ab, das heißt, der betroffene Autor wird gezwungen, seine eigene Publikation sozusagen mitzufinanzieren, und dann bleibt womöglich – wohlgemerkt bei einem *Austro-Bestseller* – nur noch ein Reinverdienst von 1.000 bis 2.000 Euro. Um davon leben zu können, müsste man jedes Jahr zehn Bücher schreiben, die sich je tausend Mal verkaufen. Abgesehen von einer Handvoll Erfolgsautoren wie Handke, Köhlmeier oder Jelinek sind Literaturschaffende auf Lesungen angewiesen, wozu da und dort noch die Honorare für die eine oder andere Rundfunksendung, den Abdruck in einer Anthologie und sonstige über die Literar-Mechana bezogene Tantiemen hereinkommen mögen: In einem guten Jahr mag alles miteinander vielleicht noch einmal zwei- oder dreitausend Euro ausmachen. Das ist freilich eher ein Trinkgeld als ein Einkommen, sozusagen eine kleine finanzielle Aufmerksamkeit. Solange sich an der Wahrnehmung literarischen Schreibens nichts ändert und es dem Großteil der Bevölkerung an jeglicher Achtung für dieses Metier fehlt, wird die Existenz der Literaturschaffenden prekär bleiben und die meisten zwingen, einem sogenannten Brotberuf nachzugehen. In der Tat leben die wenigsten Autorinnen und Autoren vom Schreiben allein, also von den Früchten ihrer literarischen Arbeit. Häufig trifft man unter den Literaturschaffenden Lehrer, Ärzte oder Bibliothekare, die auf ihre Schreibeinkünfte nicht angewiesen sind. Frauen mit wohlhabenden Ehegatten können sich das Schreiben auch ganz gut leisten. Der Beruf des sogenannten freien Schriftstellers führt – sozusagen wörtlich ausgeübt – geradewegs in die Armut. Ich selbst lebe hauptsächlich von meiner journalistischen Arbeit bei einer Qualitätszeitung und im Rundfunk, freilich als freier Mitarbeiter ohne soziales Sicherheitsnetz.

Ich war also gerne bereit, in der Encounter Group aus meinen Werken vorzutragen. Auf ein Honorar hätte ich verzichtet. Die Kundschaft von Partnerlook besteht ja in der Mehrzahl aus tendenziell überdurchschnittlich Gebildeten, die über eine gewisse Leseerfahrung verfügen und wohl auch gelegentlich nach Qualitätsliteratur greifen. Ich durfte somit hoffen, das eine oder andere Exemplar zu verkaufen, ja vielleicht sogar ein paar neue und danach treue Leser zu erwerben. Eine Woche vor dem geplanten Lesungstermin kam der erste Corona-Lockdown. Es war das Aus für Kulturveranstaltungen aller Art und ergo auch für literarische Lesungen.

Partnerlook hat nur noch online weiterarbeiten können, ein mit der durchaus attraktiven Rechtssprecherin Vanessa aus unserer Gruppe geplantes Stelldichein ist somit nicht mehr zustande gekommen: Die Pandemie hat mich also gleich zwiefach getroffen. Wenigstens nicht in ihrem eigentlichen Metier, wenn man so sagen kann. Partnersuche im Coronamodus: Das klingt nach einem literarischen Rohstoff.

Aller Probleme ungeachtet werde ich dem guten Bruno Tolbuchin vorschlagen, meinen Vortrag online zu halten. Und ja: unentgeltlich.

VANESSA

Nun ja, die Gruppe. Da hat dieser Windbeutel Bruno Tolbuchin wohl eine Glanzidee gehabt. Partnervermittlung inklusive Selbsterfahrung und einer Portion Psychotherapie: eine zeitgemäße Melange. Auch wenn der Striegel bisher so gut wie nichts von sich gegeben hat, außer dass er ein Katalysator ist oder sein will. Der Tolbuchin hat ihn als „Dr. Striegel, unser Therapeut" vorgestellt und damit impliziert, dass wir alle einen solchen notwendig haben. *Psycho*therapeut sagt man nicht, das klingt nach Seelenkrise und latenter Verrücktheit. Vielleicht ist der Striegel ein besonders schüchterner Partnerinnensucher und gleichzeitig Therapeut. Das wäre nicht unamüsant. In einer Kaffeepause – als er so einsam, das Kaffeeschalerl in der Hand, in einer Ecke gestanden ist – bin ich auf ihn zugegangen und hab' ihn gefragt:

Na, und wann werden *Sie* sich einbringen? Oder bringen Sie sich ein, indem Sie einfach – ganz Katalysator – nur da sind und sonst nichts?

Er hat mit den Achseln gezuckt und „vielleicht" gesagt.

Und ich darauf:

Vielleicht was?

Ich weiß es selber noch nicht,

lautete seine Antwort.

Unter Umständen hat er einfach einen Huscher. Wenn ich an die Gerichtspsychiater und Gerichtspsychologen denke, muss ich sagen: Es würde mich nicht wundern. Die haben so gut wie alle einen Sprung in der Schüssel. Kein Wunder in Anbetracht ihrer Klientel, von der ja auch die Mehrzahl ziemlich gestört ist. Vielleicht sollte ich ihm schöne Augen machen, damit er etwas herauslässt, und sei es die Sau. Womöglich hätte ich dann einen zweiten Gunstwerber neben diesem nicht unherzigen Dandy Anwander. Der sendungsbewusste Schriftsteller, der die Literaturwelt verbessern will. Denn *Literatur ist ein geistiges Grundnahrungsmittel* und *ihre Verbreitung ein Menschenrecht.*

Anwander hat eine Art Autorenservice gegründet und dafür schon die eine oder andere Subvention *erkämpft.* So kann er allerlei Schreibgeschöpfe zu honorierten Lesungen einladen. Natürlich bewirbt er seinen Verein *Freischreiben* und vor allem sich selber mit Verve. So verteilt er handgemachte Schokoladenriegel in Stanniol, und auf den darübergezogenen Papierschubern sind Passagen aus einigen seiner Gedichte abgedruckt. Man kann Fragmente seiner Lyrik auch als Adventkalender oder T-Shirt-Aufdruck erwerben. Das erinnert ein bisschen an Kosmetikawerbung. Allerdings hat unser lieber Oliver selber noch keinen wirklich guten Verlag gefunden. Sein augenblicklicher Verleger, sagt er, ist ein *Selfmademan.* Ich habe im Internet nachgeschaut: Der Selfmademan publiziert hauptsächlich Lebenshilfe-, Mode- und Sexualratgeber sowie Astrologie- und Esoterikschmonzes. Außerdem sei er bereit, noch *unarrivierten* Schriftstellerinnen und -stellern *bei einer Publikation zu helfen.* Hoffentlich müssen sie nicht im unarrivierten Zustand für die Beihilfe zur Publikation bezahlen. Eine Handvoll Unarrivierter hat offensichtlich von der Hilfe des *Selfmademans* Gebrauch gemacht.

Literatur braucht wirkungsvolle Vermarktung, dixit Anwander, etwas, das ihr bisher gefehlt hat.

Wenn die wirkungsvolle Vermarktung am Ende doch nicht genug zuwege bringen sollte, macht es auch nichts. Anwander hat noch andere *Eisen im Feuer* und ist als Journalist und freier Mitarbeiter im Privatrundfunk tätig. Er kann sich, sagt er, *gottlob in aller Ruhe auch riskanten, zeitaufwändigen und langwierigen Projekten widmen.* Bis jetzt sind seine produktgewordenen Projekte eher kurzwierig: Der fülligste Band misst hundertundzwanzig Seiten. Weil ich Anwander irgendwie mag, habe ich hineingelesen. Allzu viel habe ich damit nicht anfangen können und ungefähr in der Mitte aufgegeben. Da gibt es einen Text, in dem es um ein sensibles männliches Genie geht, das am mangelnden Einfühlungsvermögen diverser Frauen leidet.

Beim *druckfrischen vierten Lyrikband* habe ich auch nicht bis zum Ende durchgehalten. Am interessantesten fand ich jene Texte, die das Frauenbild des lyrischen Egos zu reflektieren scheinen:

Unser Problem:
Du bist das Bild von einer Frau,
die das Bild von vielen Frauen ist.
Du bist das Bild von einer Frau.
Ich aber bin ich.

Ich weiß schon: Man darf ein literarisches Ich auf keinen Fall mit seinem Schöpfer gleichsetzen. Dennoch drängt sich mir die Frage auf, welche Art von Mann Oliver Anwander ist. Einsamer Wolf und altruistischer Einzelkämpfer? Notorischer Selbstbespiegler? Narziss mit Goldmund? Jedenfalls ist er durchaus gebildet, ja kultiviert, ausgesprochen charmant, verfügt über ein perfektes Auftreten im perfekten Gewand, das den Bierbauch verkleidet. Sehr gern lässt er sich in romantisierten, empfindsamkeitsschwangeren und dezent erotisierten Posen fotografieren und stellt sich damit ins Internet. Er fährt einen Wagen, an dessen Vordertüren sein übergroßes Autogramm prangt: Oliver Anwander, Schriftsteller, schwarz auf weißem Lack, die Schrift von roten Bücherfrüchtchen an grünen Zweigen umrankt. Ob die Versicherung bei einem Blechschaden alles zahlen würde? Einige von Anwanders lyrischen Ich-Aussagen lassen einen Macho Marke Wolf-im-Schafspelz vermuten: Bei aller Wohlerzogenheit und Offenheit frönt er in freien Versgirlanden seiner Misogynie:

Die weibliche Würde
Per Binnen-I und Frauenquote
und Misandrie,
die Männer anders zur Strecke bringen soll
als früher üblich.

Wie sehr wünscht er sich, von Frauen zur Strecke gebracht zu werden, deren grammatikalische, arithmetische und männerfeindliche Würde ihn beschäftigt? Quis scit? Vielleicht will er ihre feministische Fassade vermittels seines Sex-Appeals durchbrechen. Das wäre eine etwas komplexe, jedoch schlüssige Männerfantasie, deren Umsetzung in die Tat nicht einfach sein dürfte. Vielleicht hat er eine reiche Urstrumpftante beerbt und könnte sich durch chevalareske Generosität und einen gewissen Lebensstiladel ohnedies eine traditionelle Beziehungskonstellation leisten: Raffinierte junge Nicht-Feministin zieht Midlife-Kavalier der Kategorie *nicht unvermögend* an Land. Männliche Eitelkeit leistet sich weibliche Raffiniertheit. Eine Form der gehobenen Prostitution, mit Hehler und Stehlerin.

Statistiken besagen übrigens, dass etwa zehn Prozent aller Männer zumindest einmal in ihrem Sexualleben die Dienste einer Prostituierten in Anspruch genommen haben. Die Anzahl der Frauen, die sich einen männlichen Sexarbeiter geleistet haben, liegt unter einem Prozent. Reiche Damen, die sich einen Lustknaben halten, gibt es ebenfalls viel seltener als betagte Kavaliere, die viel Geld in eine um Jahrzehnte jüngere Geliebte investieren.

Fundamentale Emanzipation ist, wenn in jedem zweiten Laufhaus Männer Kundinnen empfangen und im Duden der weiblichen Hure ein männlicher Hur entspricht.

Ein Aphorismus von Oliver Anwander.

Wie wär's mit einem gemeinsamen Abend nach der nächsten Encounter Group?

So Anwander.

Mal sehen,

sagte ich.

Dann also nächste Woche,

er.

Höhere Gewalt hat das verhindert, was ich vermutlich gar nicht getan hätte. Ich habe das Gefühl, unser Poet ist nicht wirklich auf Partnerinnensuche: Er hat sich bei Partnerlook eingeschrieben, um literarischen Rohstoff zu sammeln, und ich fühle mich nicht berufen, ihm als nützliche Idiotin dienstbar zu werden.

LUKAS

So um Weihnachten hat man erstmals von diesem Virus gehört. Da schien es noch eher harmlos zu sein und sein Unwesen ausschließlich in China zu treiben, und was ging uns China an? Es war so weit weg nach unserem Empfinden, so, wie fast alles Unangenehme, Gefährliche, Tödliche dem Gefühl nach stets weit weg von Österreich passierte. Kriege, Hungersnöte, Epidemien, Terroranschläge: Sowas pflegte sich in sicherer Entfernung von unserer seligen Insel abzuspielen. Hierzulande erzeugte es kurze Betroffenheitsschauer zwischen den Inlandsnachrichten und den Wetteraussichten. Gleichzeitig beschlich uns ein Gefühl der Überlegenheit, des verdienten Glückspilzdaseins. Bei Licht ins Dunkel würde man einen Zwanziger oder gar Fünfziger spenden: für die je nachdem hungrigen oder bereits verhungerten, durstigen oder schon verdursteten Kinder der Sahelzone zum Beispiel, oder für die im syrischen Bürgerkrieg ausgebombten oder vertriebenen Familien, damit sie nicht womöglich bei uns um Asyl ansuchen mussten.

Nein, das chinesische Coronavirus konnte uns wurscht sein. Fröhliche Weihnachten mit dem üblichen Kaufrausch und der rituellen Punschbeduselung auf diversen Weihnachtsmärkten. Wie viele hatten sich da angesteckt in China? Neunzig oder hundert *Zhōngguo rén* auf einem Markt in Wuhan. Da haben wir's! Man wusste ja, was die Chinesen so alles auf ihrem Speiseplan haben: räudige Hunde, faule Eier, gebratene Fledermäuse. Das konnte auf die Dauer ganz einfach nicht gutgehen. (Im Bewusstsein unserer überlegenen Kochkunst hatten wir Rinderwahnsinn, Schweinegrippe oder von multiresistenten Bakterien verseuchte Antibiotikahühner längst ins Unbewusste entsorgt.)

Na ja, diese Chinesen mit ihrem kapitalistischen Kommunistenkaiser Xi Jinping. Die hatten sogar erklärt, das Virus könne nicht von

Menschen auf Menschen übertragen werden; und jene Ärzte, die das Gegenteil behaupteten, wurden der Lüge, des Verbreitens von Falschmeldungen, der Störung der gesellschaftlichen Ordnung bezichtigt und von der Polizei verhört. Zu einer politbürogefälligen Corona-Sichtweise zurechtgefoltert. Das chinesische Neujahr wurde in amtlich genehmigter Ausgelassenheit gefeiert. Konsequenz: Die erste Zehntausendschaft von Coronapatienten Ende Jänner. Anfang Februar starb Doktor Li Wenliang an Covid-19: einer jener Ärzte, die vor dem Virus gewarnt hatten und dafür von der chinesischen Gestapo erschöpfend behandelt worden waren. Immerhin begann SARS Covid-19 in China nun offiziell zu existieren. Über die Elf-Millionen-Stadt Wuhan wurde eine komplette Ausgangssperre verhängt. Im Fernsehen sahen wir, wie in ihren Wohnungen internierte Wuhaner per Flaschenzug und durchs offene Fenster mit Wasser und Brot versorgt wurden. Die von Überwachungskameras beäugten Straßen waren weitgehend menschenleer.

Langsam und unsicher fing man auch in Österreich an, von der Existenz des Virus halbwegs ernsthaft Notiz zu nehmen: Es rückte näher. Am 19. Februar gewann Atalanta Bergamo das Achtelfinalspiel der Champions League gegen den Favoriten Valencia mit 4:1; vor 44.000 italienischen und 2500 spanischen Zuschauern. Vierzehn Tage später gab es in der Provinz Bergamo 800 Angesteckte, nach einem Monat deren 8000, und 1000 Tote. Auch in Spanien sollte es schon bald richtig losgehen. Über die gesamte Lombardei wurde der Ausnahmezustand verhängt. In Norditalien brachen das Gesundheits- und das Bestattungswesen zusammen. Schuld waren angeblich chinesische Leiharbeiter, die sich beim Neujahrsurlaub in ihrem Heimatland angesteckt hatten und nun ihrerseits in Italien alles ansandelten, was sich bewegte. Bei uns herrschte noch immer der Glaube vor, sowas könne hierzulande nicht passieren.

Dem beschwichtigungssüchtigen Gesundheitsminister bereitete Covid-19 nach wie vor kein Kopfzerbrechen, hielt er doch die jährliche Grippeepidemie für hundertmal gefährlicher.

Ende Februar kehrte ein Coronapärchen aus Italien an seinen Innsbrucker Hotelarbeitsplatz zurück und ging in die Geschichte der österreichischen Heilkunde ein: Diese Sendboten der Pandemie gesundeten relativ rasch. Und dann kam das Finale der Wintersaison zu Ischgl, der Perle des Tiroler Schitouristik-Unwesens: ein Örtchen mit 1200 Einwohnern und jährlich neun Millionen Touristen. Massenandrang an den Talstationen der Bergbahnen, vollgestopfte Seilbahngondeln, Schifahrer-Almabtrieb auf den Pisten und danach lebensgefährliches Vergnügungsgedränge in den örtlichen Après-Ski-Bars, dazu ohrenbetäubendes Gedröhne von Alpendodelrock aus den Lautbrüllern. Nachdem die Bergbahnen eingestellt und Ischgl zur Sperrzone erklärt worden war, setzte eine chaotische Massenabreise ein. Fazit: tausende Schiurlauber aus ganz Europa angesteckt. Resümee des Gesundheitslandesrats mit dem schönen Namen *Tilg* und des Landeshauptmanns mit dem nicht minder klangvollen speaking name *Platter*:

Die Behörrden haben alles richtichch gemachcht.

So, und jetzt sind wir downgelockt, Partnerlook mitsamt der Encounter Group ist *heruntergefahren*, wie das so blöd heißt, und ich habe keinerlei physische Kontaktchancen bei den Partnerlook-Damen. Ich darf keine dieser ansehnlichen Damen sehen. Außer beim Skypen oder Zoomen, wenn die Homeoffice-Arbeit des Online-Teachings erledigt ist, eine Arbeit, die im Gegenstand Englisch irgendwie funktioniert, bei der „Leibeserziehung“ allerdings zum Realkabarett wird. Das Zoomen und Skypen pseudogymnastischer Faxen ist einfach lächerlich, ergo versorge ich meine gymnasialen Schützlinge mit leibeserzieherischen Online-Anregungen, Fitnesslisten und ähnlichem

Firlefanz. Die armen Kerle müssen bei jedem Internet-Treff ihre Fitnessprotokolle vorlegen und interpretieren. Was für ein grauenhafter Unfug! Wäre ich nicht auch ihr Englischlehrer, meine Autorität würde wohl vor die Hunde gehen.

Jetzt wäre richtig Muße für Partnerlooking, but, alas, 'tis not in line with reality. Tolbuchin hat angekündigt, es werde – schalkhaft-schiefes Lächeln – nun halt statt analoger Treffen ein *online dating und online wooing* stattfinden. Ein online mating ist nicht vorgesehen.

BIANCA

Und jetztn haben wir den Salat mit den Lockdown wegen den Coronavirus, den was wir denen Chinesen verdanken, da hat er natürlich schon Recht, der Tramp, weil es is in Amerika ja noch viel ärger als wie bei uns, und er hat gesagt, es is der chinesische Virus, die Corona. Es is ja schon immer alles Miese von weiß Gott wo zu uns hergekommen, ausen Osten oder ausen Süden, das ganze Sars und die Vogelgrippe und die Schweinsgrippe und alles. Ich hab noch alle möglichen Antibiotikums gegen alles das in Nachtkastl, alle mit einen abgelaufenen Ablaufdatum.

Die Schlitzäuglerten haben auch halb Italien voll angesandelt mit der Corona. Nämlich weil sie dort in Massen arbeiten und in Massenquartiere wohnen und überhaupt eh immer in Urmassen auftauchen, da brauchst du nur nach Hallstatt schaun. Wenn uns dasselbe passiert wie die Italiener, dann Gnade Gott, und es is schon gut, dass sie die Grenz zugemacht haben. Nämlich bei die Katzlmacher funktioniert ja sowieso das Zehnte nicht und dann hat überhaupt überall die Mafia ihre Finger in Spiel, sogar in Norden, sagt die Clautschi. Weil das braucht man sich gar nicht einbilden, dass die Mafia nur in Sizilien und in Neapel ist und überall mitmischt und sich die Politiker und die Karabineris kauft und die anständigen Leut ausnimmt und umlegt, wenn sie kein Schutzgeld nicht zahlen. Eine Mafia gibt es natürlich auch bei uns, nur heißen tut sie anders und is nicht in so viel drin wie in Italien. Zum Beispiel gibt's in Wien eine Chinesenmafia, sagt mein Scheef, der Putzelik, und wenn du ein Chinaresterau hast, musst du ordentlich Schutzgeld brennen, sonst zünden dir die Mafiosis die Bude an oder runieren sonst alles voll. Nämlich da kommt so ein Mafiosi nicht einmal selber, der schreibt dir ein SMS oder ein Iimehl und wenn du nicht parierst, dann kannst du zusperren und vorbei isses mit die Frühlingsrollen und die Enten Tschopp-Su-Ii mit Glasnudeln. Die haben voll gute Sachen, die Chinesen, nicht so fett wie bei uns und gsünder und es is oft billiger als wie in einen einheimischen Resterau, und manchmal hab ich für die Sarah und für mich am Sonntag was vom Chinesen gholt, als Mädel hat sie sowas gern gegessen.

Aber sonst sind mir die Chinesen nicht geheuer, die sind so viel, die werden uns noch einmal überrennen, hat die Mama immer gesagt, da kannst du Gift drauf nehmen, dass uns die gelbe Rass einmal überrennt. Die hat auch ur Angst vor die Jugo und die Türken ghabt, dass sie uns überrennen und da is schon was dran. Weil da hat der Hofer schon recht, wenn er sagt, dass wir viel zu viel Ausländer hier haben, überhaupt mit die ganzen Flüchtlinge und so. Nämlich die haben ja Kinder oh mass und dann schicken sie ihren ältesten Sohn her, und wenn der einmal Asühl hat, dann kommt natürlich die ganze Familie her mit Kind und Kegel. Außerdem sind dann immer viel mehr voll junge Typen da und sind dauernd unter sich und haben keine Freundin und dann belästigen sie unsere Mädchen und Frauen sexuell wie in Köln bein Dom zu Silvester vor ein paar Jahr und die glauben in echt, bei uns sind lauter leichte Mädels und die Frauen alle miteinander Halbseidene, weil sie nicht so eingeschleiert werden wie die Frauen bei ihnen in Islam. Es ist ja auch ein Wahnsinn mit die Arbeitsplätze, wie der Hofer eh ganz richtig sagt, und der Kickl sagt es noch schärfer. Nämlich da kommen zighunderttausend Flüchtlinge und sind arbeitslos und wir müssen sie durchfüttern von unsern Steuergeld oder sie nehmen uns die Tschopps weg.

Das haben wir von der Globulisierung, sagt die Sabi, jeder kann überall hin, wo er will, und so is es auch kein Wunder, dass wir eine Pandemie haben, die was von China herkommt und nach überallhin übertragen wird. Ich mein, ich bin nicht ausländerfeindlich, aber was zu viel is, is zu viel, da hat nämlich auch der Strache immer recht gehabt, den was man jetzt wegen Iibitza eintunkt, und wer weiß, wer ihn da hineintheatert hat, wahrscheinlich irgendwelche linken Zecken oder die Grünen oder so wer.

Mein Scheef, der Putzelik, sagt, wenn wir länger in Lockdown haben, dann kann er zusperren, beziehungsweise kann er gar nicht mehr aufsperren, wenn das so weitergeht. Nämlich vor allen die Gastronomie leidet fürchterlich, und der Handel natürlich auch. Der Putzelik hat uns drei, also die Köchin und die Mara und mich, vorderhand einmal in Urlaub geschickt, weil wir haben eh noch urviel Resturlaub, aber auf die Dauer geht das nicht. Ich werd' auch bei Partnerlook aufhören müssen, weil das kann ich mir nämlich nicht mehr leisten, so, wie's jetzn is. Ehrlich gesagt bin ich eh immer unsicherer geworden, weil da is mir zu viel Öppsipöppsi und die ganzen Leut' tun so fäun herum, dass es einen auf den Hammer geht, und ganz schön teuer isses natürlich auch. Wenn der Arni nicht gwesen wär', hätt' ich eh schon lang drauf pfiffen auf das Ganze und außerdem hab ich ja wegen die Inkaunter Gruups schon bis in Herbst hinein vorausgezahlt, das geht so auf Sechs-Monat-Basis und da is der Tolbuchin ein ganz ein schönes Schlitzohr, und er hat nämlich einen Superschmäh mit seine Gruppen und den näher Kennenlernen mitsamt der psychologischen Beratung und der Gruppendynamik und so.

Also wenn ich nicht schon in Voraus gezahlt hätt', dann hätt' ich das Partnerlook schon längst abgesetzt, weil in Arni kann ich auch ohne Inkaunter Group und ohne einen Psychologen treffen, und näher kennenlernen tun wir uns garantiert auch a so. Nämlich also wir haben uns eh schon näher kennengelernt bei ihm zuhaus' und der is wirklich ein guter Typ und voll gut in Bett, und was will ich mehr, obwohl das allein natürlich auch nicht genügt, das muss man schon zugeben. Vorher bin ich ja mit seinen Freund, in Jackie, bei einen One-Night-Stand gelandet, aber das war der Alkohol, weil eigentlich hab' ich nämlich nix am Jackie gefunden, was mich angetörnt hätt', nur hat der Arni damals bein Jackie schon mit dieser gspritzten Karo herumgetan und da hab' ich mir gedacht, na gut, jetztn bleibt dir halt nur der andere Kärntner übrich, besser als nix. Aber dann sind wir eh noch zusammengekommen, gottseidank.

Meine größte Sorge is im Moment, dass ich meinen Servierjob bein Putzelik verlier und dann von der Arbeitslosn leben muss und dann, wenn immer mehr Betriebe eingehen und ich mit meine dreiundvierzig sowieso nirgends mehr unterkomm', dann weiß ich ehrlich nicht, was ich mach'. Nämlich die Arbeitslosen is ja nach ein paar Monat vorbei und mitten Sondernotstand kommst schon mitten Zinszahlen ins Schwimmen.

Jetzn ist das Partnerlook eh genauso heruntergefahrn wie alles andere außer die Supermärkte. Es is ein Segen, dass die Clautschi bein Hofer is und eine von die Heldinnen, die was überall beklatscht werden so wie die Krankenschwestern wegen ihrer Unentbehrlichkeit und weil sie sich mitten Coronavirus natürlich leicht ansandeln können. Drum müssen sie in ganzen Tag die Masken tragen und das musst du dir vorstellen, in ganzen Tag lang die Masken im Gsicht, wo du glaubst, es is dir die Luft abgedreht. Na, und die Sabi macht ihre Arbeit natürlich online, und gottseidank is die Jasmin schon achtzehn und die meiste Zeit wohnt sie eh bei ihren Freund, weil das Onlinearbeiten mit einen kleineren Kind, das is ja unmöglich, weil das will alle Boot was Anderes von dir. Die Sarah hat daweil gottseidank noch kein Kind, weil mit den Typen, den was sie hat, wär' das nämlich voll ein Himmelfahrtskommando, der hat ja nur ein Glück, dass ihm seine Eltern schponsern und er noch immer studieren kann mit seine neunundzwanzig und im Hotel Mama, aber ich bin eh froh, dass die Sarah allein wohnt, weil da is sie unabhängig, wenn nur ihr Reisebüro nicht womöglich zusperren muss, weil keiner mehr reisen kann in Lockdown. Die Matura hat sie zum Glück bald fertig und sie sagt, die Vorbereitungen sind dann alle online.

Jetzn, wo Partnerlook heruntergefahrn is, brauchert ich es schon überhaupt nicht mehr, aber ich hab ja in Voraus bezahlt und zwar gar nicht wenig, mein Lieber. Und jetzt geht nur mehr übers Internet was und eine Inkaunter Group über Skeip tu' ich mir nicht an, ich weiß nämlich gar nicht, wie das geht, ich schau' mir in meinen Computer und in Smartphon ja nur die Iimehls an oder Kochrezepte oder sowas an und bestell mir bein Amazon was. Wenn's das Amazon nicht geben tät' und die ganzen Modefirmen, die was online liefern so wie H und M oder der Kleiderbauer, dann wär's überhaupt mitten Einkaufen von was auch noch aus und man hätt' ja gar nix mehr als wie is Fernsehn.

Die wollen bein Partnerlook alles Mögliche über Skeip machen, sagen sie, und es gibt nämlich demnächst eine Schreibwerkstatt, die was dieser komische Öpsi-Pöpsi-Schmieranski, der Anwander, leitet, der was immer mit Anzug und Schnürl ummern Hals herumlauft und einen Brillantinezopf hat. Viel kann ich mir unter einer geskeipten Schreibwerkstatt nicht vorstellen … Und was schreiben, also das tu' ich mir unter Garantie nicht an, auch wenn die Sabi sagt, das is ganz simpel und sie inschtalliert mir das Skeip und zeigt mir, wie's geht, aber Deutschaufsätze schreiben hab' ich schon in der Hauptschul nicht ausstehen können und meine Lehrerin hat gesagt, ich soll im Beruf ja nix machen, was was mit Schreiben zu tun hat, eher was min Rechnen oder so.

ARNI

Dos is olles uandllich blehd gloofen, dos Gonze. Mia hom ma uns noch amoll getroffn zun Raatschn, die Biankcha und die Kcharo und da Jackchi, der wos a guata Freint aus Frissach is und aa i Wean llebt. Er is nix bei Paatnalluck, wäull eam dos zu tähja waa, oba er is ollawäull auf Aufriss, wäull a allaa is, seit eam sei Musch davongreent is mit an Windischn, nochdem sie eam llonge Zeit olle meegllichen Wuchtlln ähnegedruckcht hot und er hot's gfreessn, waaßt eh. Mia samma do zommankemma noch da lletztn Inkaunta Gruhp mitten Tolbuchin und den Psycho in Striegll und san a bissalle ummagezoogn in da Stodt und donn no auf an Obsackcha zun Jackchi in Zwöllftn. Und duatn in sähna Bude homma – wäull ma schoo gonz scheen rauschig gweeßn san – so a bissalle ummagebleedlld mit Lliacht-Obdrahn und in da Finstan si gegenseitich suachn und krauln und busslln und darohtn, wea wölche und wölcher wea is – olso natiallich nua die Leta mit die Wähba –, und mir homma do ausprowian wolln, wea mit wem beesa zommanpasst, waaßt eh.

Olso da Jackchi hot dos fuagschllogn und die Biankcha woa glläh Fähja und Flomman und sie hod zun kuttan und pfukazn ongfongan. Sie is iebahaupt füll llockchara gweßn ols wia die Kcharo und, hä, sie hot aa füll mea Eafoarung in aana gwiesn Hinsicht. Dos homma äh schon gwusst von da Inkchauntagruup, wäul waaßt eh, do homma mia jo füll iewa solchane Sochn greedat, dos is jo da Zweckch von da Übung, glaab i, wäul hä, iebas Kochn oda Kchindaaufziagn konnst du aa bäh da Hausfraun- und Müttarunde in aana Pfoa raatschn. Die Kcharo hot zwoa aa schon a ziemliche Fettn in Gsicht ghobt, oba sie hot decht gsogt, sie waaß nit, ob sie sowos wüll, dos is nit iah Oat und mia daadn uns zweenig kennan. Und so hot sie probiad, sie wiara Meggalle aufzumfian, und wia da Jackchi ia die Hond om Schenkchll glegt hot, hot sie eam bedeitad, doss a si zupfm soll. Dos hot a woll geton, oba hä, ea is auße zun Sicharungskastll und hot in Schuutz obgedraht und finsta woas auf aamol.

Und donn – wia's da Teifll hom wüll – dawiesch i do in da Finstan de fakchlemmte Uaschll von aana Kcharo und sie hot si gschpießt ols wia, und wiar i sie busslln wüll, bähßt sie mi in die Zungan und reibt ma aane, und aus da ondan Eckchn vom Zimma hear i, wia da Jackchi schon mit da Biankcha a Muadsgaude hot.

I hob donn Pfiat eich gsogt und bin oogfloogn und homma dabei in da Finstan aa no is Schienbaan und in Öllbogen onghaut, und hinta mia die Kcharo hot's, gllaab i, hinghaut in Fuazimma; und wia ma baade draußn woan und is Minutenlliacht brennd hod, hod sie ummagetschenscht, doss i dos grode Gegentäull von an Kchavalier bin und hingehn soll, wo da Pfeffa wochset.

I homma gedocht: Hä, dos paasst, eallich gsogt, homma a Taxi gfongan und bin haamgfoan. Duat hob i mi glläh olsa Onzogana ummegeflackcht und basta.

Wiari aufwoch, hob i aan Muadsbrond und wüll sofuat ausse ausn Bett, oba mir is so schwindllich, doss i is Aufstehn nit dasteh und mi glläh wieda drinhuckch. Und haaß is mia olls wia und i brauch a Viatllstund, bis in endllich aussikimm aus da Hapfm und donn daamll i eascht aufs Haisll, wo' s mi aufgllegt häd, wonn's nit zu kchlaan dazua waarad. Und om liabstn waarad i auf da Muschll wieda eingschlloffm. I bin donn noch aana Ewichkeit in die Kuchll ausse und hob duatn in Kühllschronkch a Floschn Kchola gfundn und wiari dos aufmoch und zun Saufm onfong, meakch i, hä, dos schmeckcht noch iewahaupt nix.

I bin donn glläh wieda zruckch in die Hapfm, und hob no a bissalle genaffazt und so noch aana holbm Stund auf mäh Smaatfon gschaugt, wos i fia wölchane SMS kriagt hob und wosses auf Wotts Äpp Neiches gibt. Und die greßte Neiichkeit woa, doss da Tolbuchin und die Hochzeitstant Kchorona poßitiff san und olle, de wos in da Inkchaunta Gruhp zsommankchumman san, si so schnöll wia meegllich auf dos Kchorona testen llossn solln. Dos hom donn aa olle geton und es hot sich herausgestöllt, doss es aa die Biankcha, in Max, in Mickch und in Llukas dawischt hot, olso mit mia grechnat siebane vom Paatnalluckch. Om eagstn miassat es normalerwähße bän Mickch und bän Max sähn, wos bän gllotzatn Mickch kaa Wunda waa, wäull dea raucht ols wiara Schllot und is uandllich blaad. Oba es haaßt, doss olle nua llächtare Symptome oda goa kchaane hom. So gonz siha is dos oba olles no nit. Mähne ähganan Symptome san jedenfolls so ziakcha mittllmäsig. I tua trockchn huastn, obwoll i schon a Ewichkäht nix mea rauch, ollas schmeckcht noch nix und i hob a bissalle Schädllwäh und so siemadreißkaholbe, ochtadräßke Fiawa.

Auf jedn Foll hot si da Paatnaluckch zu an sogenonnten Kchllasta entwickllt und mia wiss ma olle nit, wü fülle do noo ongsandllt wuan san von unßare Kontackchte. A blähde Gschicht, dos Gonze, und om blähdastn is, doss i schon fuarausgezohlt hob. Schllechte Zähtn, da Schähdll tuad ma weh, dos Bier schmeckcht noch iebahaupt nix und da Jackchi, dea Glückspüllz, is nit nua nit ongsandllt, sondan hot mar aa no die ongsandllte Biankcha ausgsponnt. Dabäh bin i bei dea nit a aanziges Mohll aa nua zun Busslln kchumman und trotzdem bin i poßitiff.

VANESSA

Männer in leitenden Positionen: Das ist bestimmt auch hier und dort auf besondere theoretische, praktische oder soziale Intelligenz zurückzuführen; oftmals freilich eher auf Ganovenschläue, Nepotismus, Korruption, Speichelleckerei und Gewohnheit (eine, die immer schlechter wird). Dazu kommt das bei Männern relativ häufig unterentwickelte Talent zur Selbstkritik. Wie dumm und sozial inkompetent männliche Alphatypen sein können, hat unlängst dieser potthässliche Kahlkopf Charles Michel gezeigt, der belgische EU-Ratspräsident. Da hatte der Gastgeber – dieser aufreizende Primitivling Erdoğan – der Kommissionspräsidentin einen Platz auf dem Sofa angewiesen, während Michel neben ihm auf einem Polstersessel sitzen durfte. Motto: Politik ist eigentlich Männersache. Die von der Leyen ist ziemlich ratlos dagestanden, um sich dann nolens volens auf dem Sofa niederzulassen. Charles Michel hätte bloß als europäischer Kavalier der von der Leyen seinen Sessel überlassen müssen, und der türkische Fundamentalflegel wäre zur Witzfigur geworden. Aber dafür hat die Intelligenz des Herrn Ratspräsidenten nicht ausgereicht.

Es gibt allerlei Studien, die belegen, dass der Profit von Unternehmen umso höher ist, je mehr Frauen dort leitende Positionen bekleiden: Das internationale Kensing-Kinsley Institute, das Peterson Institute for International Economics, die Crédit Suisse und das Karlsruher Institut für Technologie kommen zum gleichen Ergebnis, dass nämlich Frauen die erfolgreicheren Unternehmerinnen sind. Vielleicht, weil in der frühgeschichtlichen Stammesgesellschaft die Männer für Jagd und Krieg – also Außenaufgaben – verantwortlich waren, die Frauen hingegen für das, was im Ersten Weltkrieg als Heimatfront bezeichnet wurde. Tiere oder Mitmenschen zu töten ist eine primitivere Angelegenheit als Großfamilien zu betreuen und zu organisieren. Unternehmen sind keine Soldateneinheiten mit Kadavergehorsamspflicht, sondern verwandtschaftsähnliche Gruppen von Individuen. Da geht es nicht im Gleichschritt Marsch voran, sondern durch das Zusammenwirken von Individualideen.

Trotz allem sind dank maskuliner Vetternwirtschaft wesentlich mehr Männer als Frauen in leitenden Funktionen tätig. In den Ländern der Europäischen Union gibt es momentan fünf Regierungschefinnen. In den börsennotierten Unternehmen Österreichs sind gerade einmal vierzehn von hunderteinundneunzig Vorständen Frauen. Der weibliche Anteil an Absolventinnen und Absolventen der Wirtschaftswissenschaften beträgt aber fast achtundvierzig Prozent. Eine Schelmin, die Böses dabei denkt.

Die Domäne der Männlichkeit schlechthin ist aber die katholische Kirche. Man kann sie als das verwirklichte Ideal der Männerdominanz innerhalb der Realität einer gemischtgeschlechtlichen Gesellschaft bezeichnen. Obwohl nur achtundzwanzig Prozent der Männer, aber sechsundvierzig Prozent der Frauen sich als gläubig oder sehr gläubig bezeichnen und nur acht Prozent der katholischen Männer gegenüber vierzehn Prozent der katholischen Frauen regelmäßig die Sonntagsmesse besuchen, haben die Frauen in der katholischen Kirche nichts zu reden. Dabei würden es achtundachtzig Prozent der katholischen Gläubigen begrüßen, könnten Frauen Priesterinnen (und damit auch Bischöfinnen, Kardinälinnen und Päpstinnen) werden. Aber ein *habemus mammam* ist einfach undenkbar. Die katholische Kirchendiktatur von lernunfähigen Greisen will von so etwas nichts wissen und fortschrittlich-frauenfreundliche Priester sind ganz offensichtlich ohne Aufstiegschance in dieser von senilen Betonschädeln beherrschten Kirche. Vielleicht ist das egal, da bei gleichbleibenden Austrittszahlen diese Kirche ohnedies bald zur Hölle fahren wird.

Auch unser beinah täglich in Fernsehpressekonferenzen auftretendes Coronaquartett ist durchgehend maskulin: der körpersprachlich avunkulare Kanzlerjüngling pleno titulo, der leicht lispelnde Rhetoriktrainer und Innenminister, der übergewichtige Sportminister und Vizekanzler mit Ökoprolorhetorik sowie dessen grüner Mannschaftskollege und Beschwichtigungsspezialist als Gesundheitsminister. Bilder von Männern.

Anfang März hat der wahrhaftig grüne Gesundheitsmann uns erklärt, wie harmlos siebenunddreißig Coronainfizierte im Vergleich zu den hundertneunundzwanzigtausend Grippekranken seien. Wenige Tage später sprach der priesterlich gestikulierende Kanzlerjüngling von Maßnahmen zur Einschränkung des öffentlichen Lebens, sagte aber auch, Gerüchte über Ausgangssperren seien völlig frei erfunden. Die Ausgangssperren gab es dann drei Tage später. Der Gesundheitsminister zeigte sich überzeugt davon, „dass unsere Maßnahmen aus meiner Sicht richtig sind". Das erinnerte an den Tiroler Landesgesundheitsheini, der rund um Ischgl alles richtiggemacht haben wollte. Der innenministerielle Rhetorikexperte meinte, jeder, der sich an die Maßnahmen halte, sei ein Lebensretter. Das angeblich kulturfremde Maskentragen hielt der Kanzler zuerst für im Alltag nicht notwendig, binnen weniger Tage verhängte er aber eine Gesichtsverhängungspflicht in öffentlichen Verkehrsmitteln und im urbanen Raum. Nebenbei kündigte er zahllose Coronatote an. Bald werde jeder von uns jemanden kennen, der an dem Virus gestorben sei. Die virale Pressekonferenz nimmt mehr und mehr den Charakter einer sakralen Handlung an: Vier Regierungsgeistliche treten auf – vier Weise aus dem Abendland im heroischen Wortgefecht gegen das Virus aus dem Morgenland.

Der bei Partnerlook leitend positionierte Doktor Bruno Tolbuchin hat uns gesagt, er halte das Virus für ungefähr so gefährlich wie die Grippe. Für sehr alte Menschen und Leute von zerbrechlicher Gesundheit sei es natürlich schon gefährlich, aber für uns Gesunde eher nicht. Also haben wir Gesunde uns am Freitag vor dem Lockdown zum analogen Abschied noch in der Encounter Group getroffen. In contemptu coronae haben wir da und dort Wangenküsschen mit Halbumarmungen ausgetauscht. Am Abend gab es noch einen gemeinsamen Drink für alle, die wollten. Künftiges Encountern ab sofort nur noch per Skype.

Und jetzt sind der Doktor Tolbuchin und einige seiner Partnerlooker in Quarantäne. Symptome bei einigen leicht, bei anderen weniger. Vielleicht verdanke ich meinen negativen Befund dem Zufall, vielleicht meiner Abneigung dagegen, einem jeden um den Hals zu fallen. Auf meine Frage, was er denn für ein Doktor sei, hat Tolbuchin „Philosophie" geantwortet. Das klingt am unverfänglichsten und unverbindlichsten.

Unser neuer Spitzenmann ist Oliver Anwander. Er kann im downgelockten Zustand nicht an seinem Freischreiben-Verein weiterbauen, er kann keine Lesungen organisieren oder selber zum Besten geben. *Die Literatur wird – wie alle Kunst – unter den Freiheitsbeschränkungen leiden.* So wird der Literat Anwander also quasi den Philosophen Tolbuchin vertreten, eine Online-Schreibwerkstatt leiten und uns garantiert eine Menge seiner Gedichte vorlesen, so wir nicht Skypeverweigerung praktizieren. Ich muss gestehen, dass ich dazu – zur Skypeverweigerung – eine gewisse Neigung verspüre.

ZWEITER TEIL: TEXTE AUS DER ONLINESCHREIBWERKSTATT

Thema: Was machen wir mit Corona – Was macht Corona mit uns?

Gedacht ist an Erlebniserzählungen, Beobachtungen und essayistische Betrachtungen, eventuell auch ein Coronatagebuch.

HANNI

Also ich muss sagen, dass ich die Schreibwerkstätte eine supertolle Idee finde, die der Herr Doktor Bruno Tolbuchin und der Herr Magister Oliver Anwander hier eingebracht haben. Dass wir sie nun online umsetzen, ist in Zeiten wie diesen ein echtes must, denn andernfalls müssten wir überhaupt alle unsere Kontakte canceln, und das wäre echt nicht okee. Gerade beim Schreiben kommen vielleicht ganz neue Aspekte zutage und man lernt sich und einander noch besser kennen und vor allem von einer anderen Seite als sonst. Ich persönlich habe seit dem Gymnasium keine Essays mehr geschrieben und bin natürlich ein bisschen eingerostet. Umso besser, dass ich jetzt eine opportunity bekomme, hier wieder meine kleinen grauen Schreibzellen aufzufrischen. Ich finde das kleine Preisextra Peanuts für diesen Benefit, den wir dadurch erhalten, voll okee und ein weiteres Goody ist, dass unsere Encounter Group am Ende des Lockdowns, von dem wir natürlich hoffen, dass es nicht allzu fern ist, dann sozusagen wieder analog weitergeht. Alles unter dann noch festzulegenden Sicherheitsmaßnahmen, an die wir uns wohl für längere Zeit gewöhnen müssen werden. Better get used to it!

Ja, was hat Corona bisher mit mir gemacht? Ich bin wie wahrscheinlich viele andere ganz schön aus den Wolken gefallen, wie der Lockdown gekommen und das ganze social life heruntergefahren worden ist. Trotz der Bilder aus Ischgl, die wir im Fernsehen und am Smartphone gesehen haben, haben die meisten von uns natürlich gehofft, dass es doch nicht dazu kommen würde. Aber da hat das Schicksal Sorry gesagt, ihr könnt euch nicht ausnehmen, auch wenn euch das so passen würde. Ich habe gleich die zwei Hochzeitsmessen in Linz und in Sankt Gallen absagen müssen, was für mich natürlich einen herben Verdienstentgang bedeutet. Ich weiß nicht, ob mir der Staat dafür eine Entschädigung zahlen wird, eingereicht habe ich auf jeden Fall. Gott sei Dank kann man in meinem Business sehr viel im Web und mit Skype und so erledigen, sodass ich in der Relation etwas weniger beschädigt bin als so viele andere Unternehmer*Innen.

Ich bin dann gleich aufs Land hinaus, wo ich ein Ferienhaus besitze, weil meine Überlegung war, dass man sich dort eher einer möglichen Ansteckung entziehen kann als in einer Millionenmetropole wie Wien. Ob ich zu diesem Zeitpunkt schon *infisziert* war, kann ich nicht beurteilen. Beschwerden irgendwelcher Art habe ich jedenfalls noch keine gehabt. Aber schon am zweiten Tag habe ich einen Husten bekommen und gedacht, das ist meine Allergie gegen die Teppiche und die Polstermöbel. Dann kamen Kopfschmerzen dazu und ich ahnte noch nichts Böses, weil ich manchmal an Migräne leide. Bei den Gliederschmerzen wurde mir dann doch a bit queasy. Interessanterweise trat bei mir zu keiner Zeit ein Geschmacksverlust auf, aber die Symptome sind eben bei jedem*jeder anders. Fieber hatte ich genauso wenig, wobei ich sagen muss, dass ich kaum je fiebere und mich zum Beispiel bei einem leichten grippalen Infekt schon mit siebenunddreißig fünf hundeelend fühle.

Um Gewissheit zu erlangen, musste ich doch glatt nach Graz oder Linz, weil sonst noch nirgends in der Nähe Testungen stattfanden. Später erfuhr ich, dass es auch in Leoben gegangen wäre, und das hätte eine doch um ein Drittel kürzere Wegstrecke bedeutet als Graz. Da hatte man mich falsch informiert. Linz war aber nur zehn Kilometer weiter als Liezen und um dreißig näher als Graz, und so dachte ich: Jetzt kommst du doch noch nach Linz, wenn auch nicht zur Hochzeitsmesse. Es ist schon total crazy, dass man zwei Stunden quer durch ein heruntergefahrenes Land fahren muss, um eine Testung zu erhalten. Und das, obwohl man schon deutlich die Symptome spürt. Ich meine, was tut man, wenn man einen Unfall oder eine Panne hat?

Wenigstens habe ich dann nicht allzu lange warten müssen, bis ich drangekommen bin. Ich wurde danach ins Krankenhaus überführt, um das Ergebnis abzuwarten, das dann zwei Tage später einlangte. Ich wurde auch sonst noch durchgecheckt, wegen dem Kreislauf, und ein Blutbild wurde ebenfalls angefertigt. Danach bin ich entlassen worden, unter der Auflage, mich auf geradestem Weg an meinen Haupt- oder Nebenwohnsitz zu begeben, per Auto und unter strengem social distancing, also Vermeidung jeglicher contacts. Bitte, ich muss schon sagen, dass ich es nicht ganz verstehe, dass man in angestecktem Zustand einfach auf sich selbst verwiesen wird. Zwar waren meine Kopfschmerzen zu diesem Zeitpunkt schon Geschichte, jedoch war der Husten noch durchaus vorhanden, und es ist ganz einfach eine ganz schöne Challenge, wenn man krank zwei oder drei Stunden Auto fahren muss.

Ich habe mich zunächst einmal für Wien entschieden, weil hier die medizinische infra structure besser developed ist und ich von solchen Abenteuern wie allein herumfahren zu müssen, weil es auf dem Land keine ordentliche medizinische Infrastruktur gibt, geheilt bin. Wobei ich zur Ehre des Landes sagen muss, dass das mittlerweile besser geworden ist in der Pandemie und nun auch Testungen in der Nähe von meinem country house möglich gewesen wären. Tatsächlich werde ich dorthin zurückkehren, weil ja meine Coronaansteckung praktisch wieder ausgeheilt ist und ich jetzt über die entsprechenden Antikörper verfüge, also praktisch vorderhand immun bin gegen das Virus. Vielleicht gehe ich bei Gelegenheit auch Plasma spenden, weil es für mit Corona Angesteckte symptomlindernd sein soll, wenn sie es erhalten.

Ich komme, wie gesagt, meinen work commitments jetzt online nach, aber natürlich ersetzen Videokonferenz-Tools à la Skype, Zoom oder Google Hangouts den persönlichen Kontakt nicht wirklich; und ich muss sagen, dass mir die Wichtigkeit, clients oder partners in die

Augen schauen zu können und überhaupt ihre body language wahrzunehmen und ihre Stimme ganz unverzerrt zu hören, gar nicht so richtig bewusst war. Ganz abgesehen davon, dass es schon etwas ganz Anderes ist, wenn man mit allen seinen Gesprächspartner*Innen zum Beispiel einen Kaffee oder ein Glas Wein trinken kann oder gar ein gemeinsames Essen einnimmt. Ein Freund von mir, der noch am Gymnasium Latein gelernt hat, sagt, dass „Kontakt“ von *contactus* – also Berührung – beziehungsweise vom Zeitwort *contingere,* also anrühren respektive berühren abstammt. Augenblicklich redet man ja eher von contact tracing, was auch – so der Freund – *einer Berührung hinterher sein* oder *sie ausfindig machen* heißen könnte.

Und so geht es uns wohl allen in der Pandemie und vor allem im Lockdown: Wir sehnen uns nach Berührung, nach direktem Kontakt, nach dem Spüren von Anderen.

MAX

Einer Schreibwerkstatt sollte – ehe das handwerkliche Schaffen ihrer Teilnehmer einsetzt – eine Besinnung auf das zur Hand liegende Material vorangehen. Die Sprache – allemal zunächst bloß gesprochen und erst dann geschrieben – ist ja der Mutterstoff, also die zur Bearbeitung bereitstehende Materie allen literarischen Tuns. Am Anfang ist – und sei es allein in Gedanken – das gesprochene Wort. Angesichts dieser Tatsache ist es mir – zunächst einmal Corona hin, Corona her – ein Anliegen, einige wesentliche Kriterien zum Gebrauch der österreichischen Variante des Hochdeutschen zum gegenwärtigen Zeitpunkt und auf dem aktuellen Entwicklungsstand zusammenzufassen.

Vergessen wir nicht, dass Sprachen laufend diversen Veränderungen unterliegen, die üblicherweise von bestimmten Idiolekten oder Soziolekten ausgehen und mithilfe der Massenmedien und gewisser Sprachmultiplikatoren und -torinnen eine rasche Verbreitung erfahren, die auf dem menschlichen Nachahmungstrieb und dem Wunsch fußt, zum gerade üblichen Sprachgeschehen dazuzugehören, also sprachlich auf der Höhe der Zeit zu sein. Allmählich werden derlei neue Sprechvarianten – mögen sie noch so blöd klingen – als absolut korrekt erlebt und finden Eingang in Aussprachewörterbücher, Wörterbücher, Lexika und Grammatiken. Immer wieder werden Elemente eines neuen Modejargons in den Rang der Hochsprache erhoben und manche davon ersetzen allmählich ältere Aussprache- oder Ausdrucksformen, die mit der Zeit der Obsoleszenz verfallen. Das war schon immer so und wird auch immer so sein. Auch wenn's wehtut.

Beginnen wir mit der Artikulation eines der wandelbarsten Laute der menschlichen Sprache überhaupt: dem lateralen Approximanten L. In anlautender Position pflegte er im österreichischen Hochdeutsch und somit auch im Burgtheaterdeutschen früher stimmhaft und alveolar – also mit Stimmton und leichtem Schlag gegen den oberen Zahndamm gesprochen zu werden, wie in lalala, Lauch, Liebe, Leiste, Logik oder Luder. Das Gleiche galt für die intervokalische, mittsilbige und endsilbige Position nach den hellen Vokalen E oder I wie in FELD, GEFILDE, HELL und SCHRILL, beziehungsweise nach Diphthongen wie in GEFÄLLE, GEFÜHL oder GERÖLL, während nach A, O und U wie in FALL, FALLE, SOHLE, MOLLIG, KUHLE, KULLERN und so weiter ein stimmhafter lateraler retroflexer Approximant zu sprechen war, also ein L mit gaumenwärts zurückgezogener oder gar nach hinten gerollter Zunge.

Gleiches galt für das L nach allen Verschlusslauten mit Ausnahme von G, K, CK: also BLAU, FLACH, KUPPEL (mit E-Elision), PFLAUME et cetera, jedoch lateral velar in KLAR, GLÄUBIG, GLUCKE, HENKEL (mit E-Elision) und so fort. Wenn ich hier von einem L spreche, meine ich natürlich die graphische Wiedergabe bestimmter Laute, also etwa auch lateraler palataler Approximanten wie im Spanischen TORTILLA oder velarisierter lateraler alveolarer Approximanten wie im Portugiesisch-Meidlingerisch-Neapoletanischen NACIONAL, ÄHDLÄ MIT WÄHDLE und CUCCIARIEDLLO. Dies nur, damit wir nicht Grapheme und Phoneme in denselben Topf werfen, also etwas tun, für das Sie, liebes Schreibwerkstatt-Personal, in meiner Universitätslehrerphase im Rahmen einer Prüfung bei mir durchgefallen wären.

Nach dem Reibelaut SCH wie in SCHLAWINER, SCHLECKEN, SCHLUCKEN oder BAD ISCHL, GESCHLECHT und SCHLEICHEN pflegte man früher ebenfalls stimmhaft und alveolar zu artikulieren. Nun hat sich das in Nachahmung gewisser bundesdeutscher Ausspracheusancen deutlich hörbar geändert: Die stimmhafte lateral-retroflexe Variante hat sich in fast allen Artikulationssituationen durchgesetzt, auch am zu achtzig Prozent von nordweißwurstlinearen Bundesdeutschen bespielten Wiener Burgtheater und im ORF.

Wenn Sie zeitgemäßes österreichisches Hochdeutsch sprechen wollen, müssen sie sich also durchgehend des tschechisch-kärntnerisch-nordrhein-westfälischen L bedienen. Sagen Sie also künftig LLASS LLOCKER, GERLLINDE, VERLLASS MICH NICHT, WEILL ICH BIN EIN GUTER KERLL UND LLIEBE DICH IN HELLLEN UND DUNKLLEN LLEBENSLLAGEN, FÜR ALLE FÄLLLE BLEIB ICH DEIN KALL HELLLMUTH HÖLLZLL. Vergessen Sie nicht, KALL DER GROSZE, VORALLBERG, PALLAMENT und MALLENE richtig zu betonen! Transferieren Sie Ihre LL-Artikulation bedenkenlos in alle populären Fremdsprachen wie das Englische, Französische, Spanische oder Italienische, so, wie es der Großteil der österreichischen Bühnen-, Rundfunk- und Fernsehbelegschaft längst tut! Sagen Sie PRINZ TSCHALLS, BEAUTIFULLL DALLING, MISSJÖH, SILLL-WU-PLLÄH, LLOS ANCHELLES ESTÁN EN ELL SIELLLO und JOO PALLO ITALLJANO, Sie fallen sonst womöglich unangenehm auf und Sprache wird ja offenbar oft genug als soziale Anpassungsleistung interpretiert!

Als einer, der in Wien geboren und aufgewachsen ist, erlaube ich mir die Anmerkung, dass das Wienerisch-Portugiesisch-Neapolitanische Meidlinger L – velarisiert lateral alveolar mit leichtem Schlag gegen den Zahndamm gebildet – aus dem Wienerischen (und dem Hochdeutschen mit Wiener Akzent) praktisch verschwunden ist. Ein ZWIRNSKNÄULLADL, eine HEDLGA oder die FAMIDLIE gibt es nicht mehr, oder nur noch in der Seniorenunterschicht. Außerdem ist die Tendenz zur Wienerischen Diphthong-Einebnung wie in RÅUCH (wie ROHCH), FÄHN, FÄUN oder VERÄHN rückläufig und in vielen Fällen durch einen aus einem Pseudokakanisch zu stammen scheinenden nasalen Raunzlaut ersetzt, also RAUŊCH, FÄHŊN, FÄUŊN und VERÄHŊN, was ein wenig ans Französische erinnert und zur Abwechslung einmal nicht aus dem Bundesdeutschen RP stammt.

Was ich für konsequent halten würde, wäre eine der kontemporären L- beziehungsweise LL-Entwicklung analoge Behandlung respektive Bemundung des liquiden R. Sollte man diesen konsonantisch wie vokalisch artikulierbaren Laut mit seinen apikalen und uvularen Varianten – also dem beispielsweise österreichisch, italienisch oder spanisch gerollten Zungenspitzen-R und dem kehleneingangs gegurgelten französischen oder zentraldeutschen CHRR –, sollte man dieses R nicht – wie so vieles andere – dem amerikanischen Englisch unterwerfen? Klänge es nicht wesentlich zeitgemäßer, würde man auch beim R (wie schon beim L) die Zunge gaumenwärts zurückziehen oder gleich nach hinten rollen und es lateral-retroflex artikulieren? Wenden wir diese Artikulationsweise beispielhaft auf Goethes Erlkönig an, der ja der neuen L-Entwicklung wegen ohnedies bereits zum EALLLKÖNIG geworden ist:

Wear wrided sou late duarch Night 'n' Wind?
Es ist darc Vadrr mit seinem Kind.
Airr hat den Knaben wohl in dem Arrm.
Air fasst ihn safe, air kiept in warrm.

Mein Sohn, was birrgst du sou bang dein Gesicht?
Siehst Vadrr du den Eallkönig nicht?
Den Eallkönig mit Krron und Schweif?
Mein Sohn, es ist ein Nebllstrreif.

An dieser Stelle komme ich zu einem anderen äußerst wichtigen Faktor im Gebrauch der zeitgemäßen österreichischen Schriftsprache: Reichern Sie diese Ihre Muttersprache mit möglichst vielen englischen Vokabeln oder denglischen Hybridvokabeln an, es wird Ihrem gesellschaftlichen Ansehen nützen! Fortan besuchen Sie keine Veranstaltungen, sondern EVENTS (vielleicht „EWENTS" betont), die sich – wie in einem Kärntner Tourismus-SLLOGENN auf „friends" reimen, die somit wie FRENTZ auszusprechen sind. Sie faulenzen nicht, Sie CHILLLEN (idealtypisch lateral-retroflex, bitte sehr!). Schwierige Aufgaben heißen heutzutage DIMANDING TSCHÄLLLINDSCHISS, Untersuchungen SCREENINGS oder INWUESTIGEHSCHNS (bitte mit gerundetem denglischem W wie in TIE WUIE, WUIENNA oder WUISIT), ihr Monatsgehalt heißt MY MANNSLI VAGE (mit labiodentalem denglischem V wie in VITCH, VONDERFUL, NORDIC VALKING oder VORST SZINEARIO); Sie werden vom Hausarzt nicht untersucht, sondern GECHECKT wie Ihr Auto vom Mechaniker oder ein Eishockeyspieler vom Gegner; durch die TSCHENNERÄLL DAIWUÖRSIFIKEHSCHN bedarf es des TECHNOLLOTSCHISCOUTINGS („technology" bitte mit stimmlosem velarem Frikativ wie in „ächzen"!), des BUSINESS SCOUTINGS und des TSCHOB-SCHÄDOOINGS; wenn Sie Glück haben, werden Sie im TSCHOB GEPUSCHT und PROMOOTITT, wenn Sie TAFF sind, halten Sie fast alles aus, sofern Sie nicht ins BÖARNAUT verfallen und zum LLOOSER absteigen.

Ganz wichtig ist es, die affirmative Interjektion „Ja" möglichst oft durch „okee" zu ersetzen, und zwar denglisch mit geschlossenem Auslaut ausgesprochen, also OKEE mit unsichtbarem accent aigu. (Beim ursprünglich französischen „Chef" wird es im deutschösischen SCHEEF übrigens genauso gemacht, auch in PALLLEE, CALLEE,

FRANZ JOSEFS KEE oder MEEGA-EEECHO). Die accent aigu-Variante des einst englischen Okee ist jedenfalls allgegenwärtig: Mach bitte die Tür auf – OKEE. Ich habe Kopfweh – OKEE. Sein Verhalten ist nicht OKEE. Das war VOLL OKEE. In ein paar Jahren wird man einander am Standesamt das OKEE-Wort geben und in der Ehe vom Gespons fordern: Deine Rede sei OKEE, OKEE – nein, nein (vielleicht bundesdeutsch und reimhalber OKEE, OKEE – NEE, NEE).

Eine interessante Entwicklung hat auch der alveolare Frikativ S durchgemacht. Einst war er im Anlaut und intervokalisch stimmhaft, also quasi gesummt wie in SAGEN, SEGEN, SONDERBAR, HASE, HOSE, HÄUSER et cetera, im Auslaut und inter- und postkonsonantisch hingegen meist stimmlos wie in HAUS, ABLAUTSREIHE oder (des) STÜCKS. Im Anlaut hat der alveolare Frikativ seine Stimme eingebüßt und ist zum bloßen Geräusch geworden: SSAGEN, SSEGEN, SSONDERBARE SSONNE. Dafür wird der häufig durch das Graphem Doppel-S oder scharfes ß dargestellte stimmlose Frikativ da und dort – von Deutschland ausgehend – mit einem Stimmton versehen: DISKUSJON und KOMMISJON heißt es da (vom Borusso-Fälischen beeinflusst). Ob das Hochdeutsche die kärntnerische Ausspracheradikalität wie etwa in GRÜSE, FÜSE oder LLÄNGENMAAS bei umgekehrtem KAIßER, LÖßUNG oder ROßE übernehmen wird, ist noch nicht abzusehen. Konsequent wäre es allemal.

In einer Übergangsphase mit ungewissem Ausgang befindet sich der hochdeutsche Genitiv. Was sofort auffällt, ist die weit fortgeschrittene Integration des *Saxon Genitive* im geschriebenen Hochdeutsch. Von Skeptikern und Innovationsfeinden wird er da und dort noch als „Deppen-Apostroph" verunglimpft, dessen ungeachtet aber durchaus häufig verwendet, übrigens auch in der Nebenfunktion als denglischer Plural. Denken Sie an SCHNITZ'LL PLATZ'LL, MAMA'S LLIEBLLING oder HANDY'S AND MORE. Unsicherheit herrscht offenbar auch noch beim Eigennamen-Genitiv und gewissen maskulinen Artengenitiven. Immerhin heißt es immer häufiger ENTWICKLUNG DES VEREINTEN EUROPAS, PROBLEME DES NACHKRIEGSÖSTERREICHS, IDEE DES ANTIKEN OLYMPIAS, KUSINE DES LUDWIGS oder MONDE DES NEPTUNS. SORGEN DES BAUERNS und VERBREITUNG DES KAKERLAKENS habe ich schon gehört und auch geschrieben gesehen, SEHNSÜCHTE DES MENSCHENS, PROBLEME DES BURSCHENS oder AUSSTERBEN DES POLARBÄRENS noch nicht. In den Nachrichten des Kultursenders sind mir – neben vielem anderen bereits Erwähnten – DIE VERÄNDERUNG DES WELTKLIMA, DIE AUFGABEN DES PALLAMENT und der PLAN DES MINISTERIUM untergekommen, was darauf hindeutet, dass der letzte Genitiv noch nicht gesprochen ist. Zur Orientierung mag der Weltkulturerbe-Genitiv DIE LEIDEN DES JUNGEN WERTHERS dienen.

Im Zunehmen sind ferner Umstrukturierungen der Pluralformen von aus dem Griechischen oder Lateinischen entlehnten Wörtern wie LEXIKONS, SCHEMAS (selbstverständlich mit SCH wie SCHULE), PARADIGMAS bzw. ALMANACHS und THEMAS. Erwähnenswert sind auch die neudeutschen Aussprachevarianten solcher WÖRTER und Namen. Wer hätte nicht schon öfters TENOOR statt TEEENOR gehört, PROMETHEE-US, MANDRAGOORA, PARAMEETER, EXZEM, ISCHIAS mit SCHUL-SCH oder PSORIAASIS?

Kommen wir abschließend zur Semantik und Pragmatik: Eine Aufzählung rezenter Wiener Neudeutsch-Entwicklungen wäre unvollständig, würde man gängige Modephrasen unerwähnt lassen, wie sie von praktisch allen Politikern (gleichgültig welcher Couleur), Journalisten, Analysten, Lehrern und sonstigen Sprachmultiplikatoren verwendet werden. Wenn Sie jetzt kritisieren, ich hätte die korrekte TSCHENDERUNG vernachlässigt, haben Sie vollkommen Recht: Jawohl, es muss im Wienerischen Neudeutsch eigentlich POLITIKER*INNEN, JOURNALIST*INNEN, ANALYST*INNEN, LEHRER*INNEN und MULTIPLIKATOR*INNEN heißen, wobei man das Sternchen deutlich zu hören hat! Nebenbei kann man auch auf die innere (zum Unterschied von der äußeren) Qualität des Konnotierten anspielen: Politiker innen, Politiker außen etc.

Für zahllose Neudeutschphrasen unentbehrlich ist das adjektivisch oder adverbiell verwendete Wort NACHHALTIG und sein nominaler Abkömmling NACHHALTIGKEIT. Früher war es mit „lange wirksam", „stark nachwirkend" konnotiert, wie in „einen nachhaltigen Eindruck hinterlassen". Jetzt wird es beinahe ausschließlich im Sinn von „ökologisch", „erneuerbar", „umweltfreundlich" verwendet: NACHHALTIG EINKAUFEN UND KOCHEN, NACHHALTIGE AGRARPRODUKTION, NACHHALTIGE KLEIDUNG, NACHHALTIG REISEN und so fort. Sich NACHHALTIG FORTPFLANZEN bedeutet nicht mehr „viele Nachkommen zeugen und gebären", sondern SICH AUF NATÜRLICHE WEISE FORTPFLANZEN, nämlich unter Verzicht auf UNNACHHALTIG HERGESTELLTE ovulationsfordernde Substanzen oder Potenzmittel.

Wenn Sie einen Vortrag halten oder – zeitgemäß ausgedrückt – NON-FIKTSCHN-TEXTE verfassen („Fiction" denglisch mit deutlich hörbarem „T", also „Fiktschn"!), wenn Sie also österreichisches Neudeutsch in publikativer Weise praktizieren, dann vergessen Sie niemals auf den massiven Einsatz der folgenden Phrasen:

AM ENDE DES TAGES
ICH HABE MICH SCHLAU GEMACHT

VON DA HER
DA BIN ICH GANZ BEI IHNEN
WIR MÜSSEN DIE KIRCHE IM DORF LASSEN
ICH SEHE HIER MASSIVEN HANDLUNGSBEDARF
WIR REDEN HIER VON TAUSENDEN BETROFFENEN
ICH HABE MICH VOR ORT DAVON ÜBERZEUGT
UND JA, DAS IST EIN MUSS
DAS KANN'S JA NICHT SEIN
AUS MEINER SICHT
ES BRAUCHT INNOVATION
INSOFERN WEIL
DAS IST EIN ABSOLUTES NO-GO (bitte mit geschlossenem O!)
DIE WIRTSCHAFT BRUMMT WIE SCHON LANGE NICHT
WIR HABEN HIER EINE KLARE VIN-VIN-SITUATION
DIE KULTURPOLITIK HAT UNS AUßEN VOR GELASSEN
WIR WERDEN EIN NEUES MAßNAHMENPAKET AUSROLLEN

Reichern Sie zusätzlich noch alles mit COOL, UR und VOLL an. COOL (wie die Kuhle betont) ist ja ein alter Hadern und war schon in der nachkriegszeitlichen Rock-'n'-Roll-Ära einmal sehr populär, die Kombinationen URCOOL und VOLL COOL gibt es erst seit den Neunzigern. Die allerletzte Entwicklung stellt das adverbiell eingesetzte VOLL dar: Fragt jemand, ob Ihnen das Essen geschmeckt hat oder Sie müde sind, antworten Sie – so affirmativ – mit „VOLL!". Oder auf die Frage Ihres/Ihrer LEBENSPARTNER-Stern-IN „Liebst du mich?": „VOLL!" Und wenn Sie fluchen wollen, rufen Sie nicht „Scheiße", sondern FACK!

Ich empfehle Ihnen, sich (naturgemäß auf Ihrem I-pad oder Smartphone) eine neu-österreichdeutsche Phrasensammlung anzulegen. Sie wird Ihnen im Schreibwerkstattdasein unentbehrlich sein. Schränken Sie Ihren restlichen aktiven Wortschatz auf ein Minimum ein und machen Sie den sogenannten Opinion Llleaders möglichst alles nach.

Und was hat Corona mit uns gemacht? Mit mir selber nicht viel: bloß eine Fehldiagnose beim ersten Test. Da *war ich positiv*. Eine Antikörpertäuschung. Nach dem Brechreiz erweckenden Rachenkitzel dann doch *negativ*. Mein Testvertrauen ist erschüttert, aber Variante zwei glaube ich weitaus lieber. Und was hat Corona mit unserer Sprache gemacht? Ein neuer Begriffs- und Phrasenschatz ist entstanden, dessen Bedeutung noch gar nicht hoch genug eingeschätzt werden kann. In bewährter Manier werden unter anderem die folgenden *Wordings* von diversen Opinion Lleaders und *Influenzern* gepuscht:

Wir lesen von keiner Tafel mehr ab, sondern von einem Dashboard. Wir fahren Schulen und Universitäten, ja das ganze Land herunter und lassen es im LLockdown schmoren, bis Geschäfte, Theater und Konzerthäuser wieder hochgefahren werden können. Wir praktizieren Distance Llearning, Onlline Teaching und das eher asoziale Sociall Distancing. Datenbereinigungen werden eingemeldet, aber nicht ausgemeldet, sodass das Dashboard der Agentur für Gesundheit und Ernährungssicherheit wie die Kulisse eines Realkabarett-Brettls wirkt. Neben genesenen Fällen und verstorbenen Fällen kursieren noch Werte wie die Sieben-Tage-Inzidenz oder der Reproduktionsindex, ein Wert, der laut AGES „nie fix ist". Wohl weil wir von Superspreadern umgeben sind, die sich darum nicht kümmern und den Statistikern ohne Skrupel ins Hirnwerk pfuschen, und sei es per Coronaparty. Kein Wunder, dass die CLLLUSTER wie die SCHWAMMALLN nach dem Regen ersprießen und mit ihnen eine Menge neuer Vokabeln, die es emsig zu lernen gilt. Nur so sind wir imstande, zu reden (und zu schreiben), wie uns der Schnabel verbogen worden ist.

KARO

In Zeiten wie diesen lernt man seine Mitmenschen oft besser kennen als im Routinegetriebe eines normalen Alltags. Von Normalität und Routine kann ja in diesen Tagen in keinster Weise die Rede sein, nicht wahr.

Sie war eine vielleicht zu stille und ein klein wenig scheue Frau in mittleren Jahren, unauffällig, aber keineswegs unattraktiv. Freiwillig verzichtete sie auf dick aufgetragene Schminke oder im Besonderen der gerade gängigen Mode geschuldete Kleidung. Sie fühlte, dies nicht notwendig zu haben und auf jede Form der Effekthascherei verzichten zu können. Einesteils ging sie in ihrem Beruf – Administratorin in einem internationalen Großbetrieb –, andererseits in ihren mannigfaltigen kulturellen Interessen auf: in Burg und Oper, in Wiens wunderbaren Horten der bildenden Kunst und der Historie und im reichhaltigen Konzertangebot der Donaumetropole. Was ihr manchmal fehlte, war ein männlicher Gefährte mit ähnlichen Interessen, kultiviert und von angenehmer Wesensart sowie – was Lina als praktizierender Katholikin äußerst wichtig gewesen wäre – gläubiger Christ. Ja, so jemand fehlte ihr zuweilen. So beschloss sie denn nach langem Zögern professionelle Unterstützung in Anspruch zu nehmen, die von einem im Prinzip renommierten Institut in Form von Kontaktermöglichung und psychologisch begleiteter Selbsterfahrung angeboten wurde.

Diese Einrichtung stand unter einer sehr kompetent und engagiert wirkenden Leitung; und in der Tat lernte unsere Protagonistin dort zunächst – sowohl innerhalb einer sogenannten Encounter Group als auch abseits derselben im Internet über Adressen, welche das Partnervermittlungsinstitut bereitgestellt hatte – einige interessante Menschen kennen, von denen der eine oder andere Vertreter des männlichen Geschlechtes ihrer Ansicht nach eventuell einmal als der erhoffte Gefährte in Frage kommen mochte.

Es geschah an einem Freitag dem Dreizehnten: Längst hatte das Coronavirus auch von unserem Land Besitz ergriffen und für den bevorstehenden Montag war der Beginn des Lockdowns angekündigt worden. Angesichts des bevorstehenden Herunterfahrens des gesamten Landes und der sich daraus ergebenden Ausgangsverbote nahm unsere Protagonistin nach dem vorläufig letzten Treffen der sogenannten Encounter Group in dem oben erwähnten Institut die Einladung eines männlichen Gruppenmitgliedes an, mit ihm, seinem Freund und einem weiteren weiblichen Gruppenmitglied – immerhin einer Akademikerin – noch etwas trinken zu gehen, wie das so schön heißt.

Unsere Heldin – nennen wir sie Lina – trank normalerweise kaum Alkohol, ließ sich aber in dem kleinen Lokal, in welches sich die vier begeben hatten, zu einem Glas Rotwein überreden. Die drei anderen tranken um etliches mehr, woran sie wohl auch gewöhnt waren. Dies führte zu einer gewissen Ausgelassenheit, die aber durchaus in kultiviertem Rahmen zu bleiben versprach. Der Kärntner Dialekt der beiden Männer war Lina von einigen Urlaubsaufenthalten her einigermaßen vertraut, das Trinkverhalten der beiden Herren hielt sich noch in zivilisierten Grenzen. Dann jedoch unterlief Lina der folgenschwere Fehler, die Einladung des einen anzunehmen, den Abend noch bei ihm zu Hause zu viert ausklingen zu lassen. Dort geriet dann alles mehr und mehr außer Kontrolle, wobei Lina zunächst der nächste Fehler unterlief, keine Spielverderberin sein zu wollen und dem zweifellos wohlschmeckenden Likör zuzusprechen, der ihr kredenzt wurde. Es war ein Lacrima Christi und über diese Bezeichnung glaubten die beiden Männer geschmacklose Witze machen zu müssen. Lina hatte die Wirkung dieses Getränks unterschätzt, sie verspürte einen leichten Schwindel und eine leichte Einschränkung ihres Sehvermögens. Gleichzeitig zwang sie sich, Dinge und Redensarten zu tolerieren, die ihr doch sehr fremd waren.

Die Lage begann zu eskalieren, als der Hausherr sich mehr oder weniger auf ihren Schoß setzte und sie in einer Weise zu berühren versuchte, die sie keinesfalls zu tolerieren bereit war. Ich glaube nicht, dass ich so etwas will, sagte sie, und „ich bin keine Frau dieser Art", protestierte sie, was den Hausherrn nur umso zudringlicher zu machen schien. „Weg mit dir, sofort", schrie sie den lüsternen Trunkenbold an, selbst mit einem Mal nur allzu nüchtern. Der gab etwas mit Worten nicht Wiederzugebendes von sich und ließ gottlob von ihr ab, doch nur, um ins Vorzimmer zu laufen und die Sicherungen auszuschalten, sodass alles plötzlich in tiefste Finsternis getaucht war. Dies wiederum wollte sich der andere Kärntner zunutze machen. Er zwang Lina in eine Umarmung und versuchte sie zu küssen, was sie allerdings beherzt abzuwehren verstand, während sich in einem anderen Teil des Zimmers der Hausherr und die zweite anwesende Dame deutlich hörbar allen möglichen Unbeherrschtheiten hingaben.

All dies schien Linas zweitem Möchtegernverführer nun auch zu viel zu sein; er verabschiedete sich und irrte durch das stockfinstere Vorzimmer zum Ausgang. Draußen am Gang herrschte ebenfalls vollkommene Dunkelheit, weswegen Lina stolperte und schmerzlich zu Fall kam. Als der zweite Kärntner Unhold endlich den Momentlichtschalter ertastet hatte, sagte sie ihm unter Tränen und auf dem Fußboden, was sie von ihm hielt. Sie kam sich benutzt und beschmutzt vor, jawohl, benutzt und beschmutzt.

Unter den gegebenen Umständen wollte sie von diesen drei Personen, mit denen sie den unseligen Abend zu verbringen gedrängt worden war, nichts, aber auch schon gar nichts mehr wissen, und damit war auch ein weiteres Verbleiben in der Gruppe und überhaupt an dem Kontaktvermittlungsinstitut so gut wie ausgeschlossen. Das, was so viele zu bedrücken schien, bedeutete ihr nichts als Befreiung: der Lockdown.

MICK

Es ist wie eine Grippe über mich gekommen mit starken Husten, ziemlich Kopfweh, Fieber (achtunddreißig fünf), alle möglichen Gliederschmerzen und – was das Wörste ist und mich am meisten gestört hat – Geschmacklosigkeit. Wenn man sich ein Bier nimmt und es schmeckt wie ein åbgestandenes Minneralwasser ohne Gas oder man beisst in eine Schockolade und glaubt es ist ein Stück Holz, dann faßt man es nicht. Am Morgen und Vormittag geht es mir regelmäßig besser, da bin ich fast fieberfrei (siebenunddreißig drei). Von Mittag an (geschmacklose Gullaschsuppe aus der Dose als Lunch) geht es bergab mit einen Peak so zwischen vier und sieben Uhr. Wenn meine Putzfrau Frau Paulina Lubansky die gleich neben unseren Wohnhaus wohnt nicht fast jeden Tag vorbeischauen würde (natürlich mit einer Maske und Babyelefantenabstand) würde mich die Einsamkeit ganz schön depressif machen. Sie sagt sie ist ganz vorsichtig und daß sie für einen Kranken ja was vorbeibringen darf. Sie sitzt dann im Vorzimmer und telefoniert ins Schlafzimmer herein oder wenn ich besser drauf bin, auch ins Wohnzimmer herein und dann können wir einander durch die Glasscheibe von der Tür zuwinken und zwinkern und so. Das ist das Beste was man daraus machen kann. Voll. Damit muß man sich abfinden. Ich meine Paulina könnte auch genauso gut von daheim anrufen, aber es ist natürlich psychologisch besser, wenn sie da ist und sie sagt es macht ihr nichts die paar Schritte herüberkommen. Dass sie das macht, obwohl es praktisch verboten ist rechne ich ihr ganz hoch an. Es ist echt cool von ihr. Sie schaut dann auch immer ein Bißchen nach den Rechten also in der Küche und so, und stellt mir Sachen in den Eiskasten hinein, weil sie sagt, daß mein Geschmack jeden Moment wiederkommen kann und was mach ich dann, wenn ich dann nichts zum essen habe und es gar nicht realisiere. Und ich überweise der Paulina ihr Geld per Online-Banking, damit wir keinerlei risk eingehen. Und sie fragt dann jedes Mal ganz lieb ob ich irgendwas brauche und dann bringt sie es vorbei. Sie lebt in Scheidung sagt sie, ihre Kinder sind schon erwachsen da macht es nicht so furchtbar viel aus. Ihr Mann muß einen ordentlichen Huscher haben daß er so eine Perle vor die Säue wirft. Die schaut nämlich noch Einiges gleich, daß ist mir früher gar nicht aufgefallen. Topfigur, tadellose Beine und alles an der richtigen Stelle.

Jetzt ist es neun Uhr Morgen und so habe ich meine fitteste Tagesphase. Müde bin ich freilich auch jetzt ziemlich und darum will ich es bei den einen Gedicht belassen mit den ich bei unserer Online-Schreibwerkstatt mitmache. Ich schicke es aber nur per Email weil am Abend, wo ihr miteinander skyped, da fehlt es mir echt an der Power zum Vorlesen und da liege ich ehrlich gesagt nur noch im Bett und schau mir das Fernsehen an wobei ich vom Programm das meiste verschlafe.

Ich möchte deshalb den Oliver bitten, dass er mein Gedicht für alle vorträgt wenn er so lieb ist. Das ist glaube ich am Besten. Also bitte lieber Oliver sei so nett und lies mein Gedicht vor in der Werkstadt. Und sei mir nicht bös wegen die Fehler die ich sicher mache weil mit der Gramatik und der Rechtschreibung hab ich es schon immer nicht so gehabt. Als Controler brauchst du das ja auch nicht wirklich, dafür kenn ich mich in Mathe aber ordentlich was von aus.

Was Corona mit mir gemacht hat und macht

Corona hat mich in der Hand
Wie auch das ganze Land
Nur ist es bei mir viel schlimmer
Im Bett sein muss ich immer

Es steigen die Zahlen und mein Fieber jeden Tag
Das ist was natürlich keiner mag
Ich bin so total müde
Daß ich und das ist nicht rüde
Sogar die Pressekonferenzen
Von Kurz und Ko muss schwänzen
Dabei (die Herzen vieler schon hob er)
Seh ich recht gern den Rudi Anschober
Und gut find ich auch den Nähhammer
Der ist ein wirklich Strammer
Es gefällt mir sogar der Kogler
Der ist bei Gott kein Mogler
Der sagt was Sache ist
Wenns auch schwerfällt, daß mans hinunterfrißt
Der Kurz ist überhaupt mein Held
Kein Wunder, daß er allen so gefällt
Er ist so feierlich wie ein Priester
Und niemanden die Laune vermießt er
Ja ja, Corona ist ein Verdruß
Jetzt bin ich müd und mache Schluß
Ich hoffe es bringt euch mein Gedicht
Ein Bißchen ein Lächeln ins Gesicht

Ich hab euch auf Whots App ein paar snappshots von meiner derzeitigen mißlichen Lage geschickt. Es grüsst euch von ganzen Herzen aus seinen Bett heraus

Euer Mick

Und wenn ihr noch gesund seid dann wünsch ich euch daß ihr es auch bleibt und daß sich keiner von euch mit dieser modernen Geissl der Menschheit ansteckt

BERTHA

Als Ärztin darfst du ganz einfach nicht krank werden, habe ich mir gesagt, davon steht nichts in deiner Job Description. Und so bin ich auch bis jetzt noch nicht krank geworden. Ich habe auch nie sehr zum Kranksein geneigt. Freilich muss man Glück haben. Wenn ich denke, wie lang das Virus wahrscheinlich schon unterwegs war und keiner hat es gewusst und die, die angesteckt waren, haben geglaubt, das ist ein grippaler Infekt oder, wenn die Symptome gravierender waren, eine richtige Influenza auf Orthomyxoviridae-Basis. Immerhin sind ja im Neunzehnerjahr tausendvierhundert an einer Influenza gestorben und da haben am Anfang von der Covid-19-Pandemie viele gesagt, Corona ist doch im Vergleich auch nicht schlimmer.

Die meisten, die sagen, sie haben eine Grippe, haben in Wahrheit nur einen grippalen Infekt; da sind mit den Rhino-, Enteo-, Adeno- und ja: den Coronaviren ganz andere Viren im Spiel als bei der Influenza. Überhaupt gibt es über zweihundert Virusvarianten, die einen grippalen Infekt auslösen können. Unterschätzt wird jedenfalls zu Beginn alles gern, oder überschätzt, was klarerweise weniger gefährlich ist. Als Ärztin musst du lernen, alles adäquat einzuschätzen und die geeigneten medications, tools und technologies einzusetzen. Wenn du einen Pemphigus eingeliefert kriegst und ihm eine Therapie für Psoriatiker verordnest, ist das schon ein ziemlicher Heuler, auch wenn es dem Patienten im Allgemeinen nicht auffallen wird.

Ich bin auf der „Haut“ oder „Derma“, wie wir im Klinikjargon sagen, also an der Universitätsklinik für Dermatologie und Geschlechtskrankheiten; und übrigens sind die AIDS-Symptome am Anfang gar nicht so unähnlich wie bei der Influenza beziehungsweise eben bei der Corona. Anstecken kann man sich als Ärztin überall, aber auf der „Derma“ hast du natürlich eine Menge Hautkontakt und händisch auch jede Menge mit der Mukosa zu tun, also der Schleimhaut. Brauche ich noch mehr zu sagen?

Es war ja ein ziemlicher Wirrwarr am Anfang. Einige Politiker und sogar ein paar Experten haben sich sehr weit hinausgelehnt und gesagt, Masken bringen eigentlich gar nichts (im Handel waren die ohnehin noch kaum erhältlich), und von Schutzanzügen haben sie sogar an der Intensivstation nur träumen können. Da läuft es einem kalt über den Rücken, was? Ich habe also – wie gesagt – viel Glück gehabt bis jetzt. Wahrscheinlich leidet man an den Begleiterscheinungen vom Lockdown womöglich noch viel mehr als an einer Covid-19-Infektion, die ja wirklich in sehr vielen Fällen eher harmlos verläuft.

Da ist die Einsamkeit schon viel weniger harmlos, ich meine, als wenn auch momentan alleinstehende Ärztin habe ich ja zumindest beruflich eine Menge Sozialkontakte, aber jetzt – wo eben nicht nur die Theater, Konzertsäle und Kinos downgelockt sind, sondern auch eine Einrichtung wie Partnerlook –, da kann die Einsamkeit im Privaten schon voll bedrückend sein. An freien Abenden immer nur Fernsehen, Streamen, Internetsurfen, Facebook, Skypen oder zu einem Buch greifen kann reale und vor allem körpernahe Kontakte in keinster Weise ersetzen. Aber wem von unserer Encounter Group sage ich das? Ihr seid ja alle in der gleichen Lage und lustig ist das wirklich nicht. Ich will aber hier nichts schreiben, was depressiv macht oder melancholisch klingt, weil davon haben wir schon so genug. Lieber erzähle ich zwei Beispiele von Corona, die ein bisschen heiter und optimistisch stimmen sollen.

Ich habe Freunde in Villach, ein Ehepaar, von dem er ein Techniker und sie eine Physiotherapeutin ist. Kürzlich hat er seinen Sechziger gefeiert und schon bei der Feier hat er sich nicht so ganz wohlgefühlt. Wie Erich dann ins LKH gegangen ist und sich durchchecken lassen hat, hat sich doch glatt herausgestellt, dass er Corona-positiv ist. Die Symptome waren leichtes Fieber, Kopfweh und eine totale Müdigkeit, also eher harmlos. Aber positiv ist positiv und so ist Erich zu Hause allein ins Gästezimmer gezogen, von wo er Zugang zum Gästebadezimmer und zum Gäste-WC hat, und Alexandra hat ihm immer das Essen und alles Notwendige vor die Gästezimmertür gestellt und sich mit ihm entweder durch die Tür hindurch unterhalten oder mit dem Smartphone. Alexandra hat sich nicht angesteckt, hat aber als Kontaktperson genauso in Quarantäne bleiben müssen wie ihr Mann. Sie hat sich dann natürlich auch testen lassen wollen, da war aber das LKH total überlastet und so hat sie glatt nach Osttirol ausweichen und dafür mit dem Auto hundertzwanzig Kilometer hin- und hundertzwanzig zurückfahren müssen, weil die medizinische Infrastruktur so schleißig ist. Sie war negativ. Erich und Alexandra haben, sagen sie, am Smartphone und durch die Tür hindurch mehr miteinander kommuniziert als sonst. Sie haben einander aus ihren Lieblingsbüchern vorgelesen, Geschichten von ihren Krankheiten als Kinder erzählt und ein Wissensquiz miteinander gespielt. Das war sehr verbindend, sagen sie, und einmal etwas ganz Anderes.

Bei einem anderen Paar, von dem ich weiß, hat auch er sich angesteckt gehabt, und zwar mit ganz schön unangenehmen Symptomen – hohes Fieber, Geschmacklosigkeit, starkes Kopfweh –, sie aber nicht, und die gemeinsame zwölfjährige Tochter auch nicht. Dabei haben die beiden – also das Ehepaar – genauso wie immer im Ehebett geschlafen und miteinander gegessen und ferngesehen und so weiter.

Man sieht daraus also: Wie so vieles Andere im Leben ist auch Corona eine Frage von Glück oder Pech und halt Zufall. Das sage ich bitte als Ärztin, auch wenn mir das nicht gerade leichtfällt. Und damit hoffe ich, dass ich vor allem die Kranken unserer Encounter Group ein kleines bisschen aufheitern konnte, und hier insbesonders unseren lieben Herrn Magister Doktor Tolbuchin, dem es ja gar nicht so gut gehen soll, und seine Gattin.

Kopf hoch und alles erdenkliche Gute, with love and best wishes

Von Eurer Bertha

LUKAS

Das Land ist *downgelockt,* die Zahl der Arbeitslosen steigt, die Schulen sind geschlossen, alleinerziehende Mütter im Homeoffice werden von ihren Kindern – freilich ohne jede böse Absicht – in den Nervenzusammenbruchsbereich getrieben. Im Bereich der höheren Schulen wird per online teaching gelehrt und per distance learning gelernt.

Die Fächerkombination Englisch und Turnen erlaubt gewisse Freiheiten, etwa in der Definition von Körperertüchtigung. Viele der dabei eingesetzten Mittel und Methoden bereichern auch das Englisch-Vokabular der Elevinnen und Eleven. Jene des nach außerordentlich leichten Symptomen genesenen und darum wieder Englisch lehrenden und leibeserziehenden Autors mussten ihr Body Workout dokumentieren, ergo – uncool – ein Bewegungstagebuch führen und mailen oder – deutlich cooler – Body Workout Apps „jusen". Die Bewegungstagebücher waren sprachlich berührender:

Ich absolwirte einen Dreikommafünf-Kilometerlauf an der Donau. Um neun Uhr fünfundfünfzig, wenn unsere Turnstunde anfängt, setzte ich mich in Bewegung. Ich jockte von der Reichsbrücke über die Kaisermühlenbrücke zur Donaustadtbrücke. Von dort hat mich dann ein Freund mit seinen Moped abgehohlt. Ich brauchte einundzwanzig Minuten für die Distance und jockte also mit 9,6 Kilometer pro Stunde. Wie ich ankam, war ich voll geschafft.

Zwei Fotos des Verfassers beziehungsweise ausübenden Sportlers waren „attached": Das erste zeigt einen Ausschnitt des Ölhafens Lobau, das zweite – ein Doppelselfie – den Verfasser mit seinem Mopedfreund, beide mit erhobenem Daumen. Der Migrationshintergrund des Verfassers ist aus dem Text erahnbar, aber auch manch ein nicht migrierter Schreiber neigt zu sprachlichen Idiosynkrasien:

Obwohl das Wetter mega schlecht war borgte ich mir die Nordic Walking Sticks von meinem Vater aus der ziemlich oft Nordic Walken geht. Ich walkte um die Alte Donau also das Kaiserwasser, herum soweit es geht und sogar zwei Mal was ungefähr drei Kilometer ausmachen wird. Ich fühlte mich nachher voll gut. Ich hätte nicht gedacht daß Nordic Walken eigentlich total cool ist. Wie ich es meinem Vater gesagt habe freute er sich mega.

Wer sein Sportprogramm mithilfe von Lauf-Apps wie Runkeeper oder Endomondo betreibt und etwa den Lauftracker Runner's World benutzt, läuft oder radelt sozusagen auf einer höheren Ebene und schickt die Daten seiner Leistungen bezüglich *distance, speed, pace* und *duration* per Smartphone an seinen Turnlehrer. Als *user* eines solchen *Personal Trainers in seiner Tasche* kann er nebenbei an einem Wettbewerb teilnehmen und ein Paar unentbehrlicher *In-Ear-Bluetooth-Headphones* gewinnen.

Ein *gym teacher* der Nachbarschule hat seinen Schülern via Zoom vorgeturnt, worauf sie dann einer nach dem anderen nachzuturnen hatten. Das Vorturnen wird vor allem in Mädchenklassen eingesetzt. Pilatestrainerinnen mit Barbiefigur motivieren zur Nachahmung auf allen Ebenen, unter Anleitung der *Online-Trainings-Mediathek Fit Easy* oder der *Digital Platform Workout* Pro lassen sich tausende Übungen vom Armkreisen bis zum *Jack Rabbit* imitieren.

Englischlehrerinnen und -lehrer scheinen mehr auf ihren *mother wit* angewiesen. Beliebt sind Online-Referate und oft an den Haaren herbeigezogene Konversationsthemen. Die skypende Lehrperson steht (respektive sitzt) mit jeweils einer Lernperson im Dialog von Angesicht zu Angesicht und hat ergo keine Ahnung, was die anderen Klassenmitglieder gerade treiben: Hören sie zu? Denken sie mit? Sind sie am Klo? Haben sie das virtuelle Klassenzimmer längst verlassen? Sind sie schnell eine rauchen gegangen? Alles, was sein kann, mag der Fall sein.

Als besonders unterhaltsam erweist sich allemal die Arbeit mit Übersetzungsprogrammen. Shakespeares Sonette eröffnen ungeahnte Perspektiven:

Soll ich dich mit einem Sommertag vergleichen?
Du bist schöner und gemäßigter!
Starke Winde schütteln die Knospen des Monats Mai
Und der Sommerpachtvertrag hat ein allzu kurzes Dasein.

(Deutsch für: „And summer's lease hath all too short a date")

Oder:

Vom schönsten Wesen wünschen wir Anstieg,
dass hiermit beauty's Anstieg vielleicht nie sterben,

(From fairest creatures we desire increase
That therebye beauty's rose might never die)

aber wenn das Reife von Zeit ablebt,
seine zarten Erben sich erneuern,
aber du in eigner Augen
machst deines Lichts Flamme mit selbst erhebliche Kraftstoff

(But thou contracted to thine own bright eyes
Feed'st thy light's flame with self-substantial fuel)

(die Sonette wurden von der Lehrperson an logisch erscheinender Stelle abgebrochen).

Auch in umgekehrter Sprachrichtung haben Google-Übersetzungen üblicherweise einen höheren Unterhaltungswert als solche von DeepL, wie ein bekannter Goethetext zeigt:

Be noble,
helpful and good!
Because that alone
Distinguishes him (WEN?)
Of all beings (PRÄPOSITION FALSCH)
we know.

(Google)

Let man be noble,
helpful and good,
for this distinguishes him
from all beings,
that we know. (NUR DER BEISTRICH IST FALSCH)

(DeepL)

Wenn nicht bloße Haha-Erlebnisse angestrebt werden sollen, dürfte DeepL Google auch in medizinischen Texten vorzuziehen sein:

When you develop an appendicitis your appendix will as a rule have to be extracted as soon as possible. Surgery is also recommended when it has been impossible to make a clear diagnosis. For it is considered safer to extract the appendix than facing the danger of it bursting,

heißt es in Ram Sharitra Alagoris' *Manual of Practical Medicine,* was DeepL recht ordentlich übersetzt:

Wenn Sie eine Blinddarmentzündung entwickeln, muss Ihr Blinddarm in der Regel so schnell wie möglich entfernt werden. Eine Operation wird auch dann empfohlen, wenn es unmöglich gewesen ist, eine eindeutige Diagnose zu stellen. Denn es gilt als sicherer, den Blinddarm zu entfernen, als sich der Gefahr auszusetzen, dass er platzt.

translate.google.com hingegen liefert einen beinahe avantgardistischen Text:

Wenn Sie eine Blinddarmentzündung entwickeln, wird Ihr Anhang in der Regel so schnell wie möglich extrahiert werden müssen. Chirurgie wird auch empfohlen, wenn es nicht möglich war, eine klare Diagnose zu machen. Denn es gilt als sicherer, die Anlage zu entfernen, als die Gefahr, Anhang platzen.

Mein Lieblingsprodukt des Übersetzungsgoogelns ist eine Minibiographie des französischen Barockkomponisten Nicolas de Grigny, deren Abschrift ich an die Wand neben meinem Schreibtisch geheftet habe:

Obwohl er starb, als er nur die thirty-twojahre alt war, der französische Komponist Nicolas de Grigny nach links eine unauslöschbare Markierung auf der Organwelt. Während seiner kurzen Karriere war er organist der Reimskathedrale und er schrieb einige Organstücke. Sein Aufbau reflektiert seine liturgical inspiration. Er sind schön mit schweren modalen Aromen schwierig. Sein poetisches musicality wurde groß von J.S. Bach bewundert.

(Allen Freunden der sakralen Organmusik empfehle ich de Grignys *Dialogue sur les Grands Jeux* aus seinem *Livre d'Orgue*, eines der grandiosesten Orgelwerke der Musikgeschichte)

Der wohl originellste literarische Beitrag entsteht aus der Aufgabe, den Anfang von Geoffrey *Chaucers Canterbury Tales* ins Deutsche zu übertragen, wobei hier translang translations bemüht werden:

Whilom, as olde stories tellen us
Ther was a duc that highte Theseus.
Of Athenes he was lord and governour
And in his Tyme swich a conquerour

Und so weiter. Translang macht daraus:

Wilhelm, wie alte Geschichten tellen sie uns,
gab es eine Ente, die Theseus erhöhte;
Athen war er Herr und Gouverneur,
und in seinem Thymian schalten ein Eroberer.

Auch die melancholischste Lernperson wird sich der innaten Komik nicht entziehen können. Der Einsatz des Mittelenglischen durch die Lehrperson war freilich in hohem Maße unfair.

Wir wollen fairerweise – Englisch und Leibeserziehung beiseite – mit einer gar nicht so üblen Translang-Übersetzung aus Dantes Göttlicher Komödie schließen:

Für mich gehst du in die schmerzhafte Stadt,
für mich gehst du in den vollen Schmerz,
für mich gehst du unter die Verlorenen.
Gerechtigkeit bewegte seinen hohen Verwalter;
Mach mich zur göttlichen Kraft,
die höchste Weisheit und erste Liebe,
es wurden keine Dinge von mir geschaffen
wenn nicht ewig und ich ewig hart.
Lass alle Hoffnung, du, der du hineintrittst.

Ein kleines Nachwort: Lasst alle Hoffnung walten, dass das Land bald wieder upgelockt wird, Ihr, die Ihr hineingetreten seid!

OLIVER

Im Zuge der Medienreform ist eine Funktionsbereinigung von Rundfunk, Fernsehen und allen Print- und Webmedien auf Schiene gebracht worden. Dies betrifft auch den Sektor Literatur. Das Staatsmotto für Literatur lautet nunmehr: gemeinsam fühlen, gemeinsam denken, gemeinsam schreiben. Folgerichtig hat die Staatsführung im Vorjahr jede Form der Fiktion verboten beziehungsweise die Fiktion durch die reine Informationsdokumentation ersetzt. Es gilt für das gesamte Schrifttum: Informationsdokumentation statt Fiktion. Im Einzelnen bedeutet dies das Folgende:

Unter Fiktion ist jegliche fiktionale Literatur zu verstehen. Die Verbreitung von Erfindungsliteratur ist eine Beschädigung des öffentlichen Bewusstseins und wird mit bis zu zehn Jahren Haft bestraft.

Dieses Gesetz ist auf alle Sprachen der Welt anzuwenden, auch für die künstlichen Sprachen wie Esperanto, Bliss, Volapük et cetera. Es gilt für alle literarischen Gattungen, also für Drama, Prosa, Epik, Lyrik und Essayistik. Die einzig rechtmäßige Literatur ist diejenige der Informationsdokumentation.

Vor Kurzem haben einige Literatinnen und Literaten eine Zeitung gegründet, in welcher fiktionale Literatur – in journalistischer Manier aufbereitet und getarnt – abgedruckt wurde. So zum Beispiel begannen *Die Leiden des jungen Werthers* – die in täglich erscheinenden Fortsetzungen geplant waren – auf folgende Weise:

Wie wir aus gewöhnlich gut informierten Quellen erfahren, hat sich der junge Dokumentationsmaler W an einem neuen Wohnsitz im östlichen Teil des Landes niedergelassen. Die äußerst reizvolle Landschaft findet er höchst inspirierend. Tagtäglich begibt er sich mit seinen Utensilien hinaus in die Natur, um zu malen. Es heißt, er habe bei einer Tanzveranstaltung eine junge Dame kennengelernt, die er außerordentlich attraktiv findet. Ihr Name lautet Charlotte. Sie ist – was W ziemlich betrübt – bereits verlobt und plant, demnächst zu heiraten.

In einer Prosakurzform der Göttlichen Komödie las man:

Wie die Agenzia Nazionale Stampa Associata berichtet, hat der Journalist D.A. in einem Wald bei Treviso den italienischen Linguisten P.V. getroffen, um mit ihm ein Höhlensystem im alpinen Veneto zu erforschen.

Die Zensurbehörde hat die als verdeckte literarische Anthologie geplante Zeitung nach der vierten Ausgabe verboten und die Herausgeber ebenso wie die Verfasser der veröffentlichten Beiträge inhaftieren lassen.

Die hier geschilderten Maßnahmen illustrieren die letzten Entwicklungen, die sich aus der neuen Staatsverfassung ergeben. Alles hat – wie wir wissen – mit der radikalen Gesundheitsreform im Zuge der Zerebralseuche *Intrakran E101* begonnen, die massenhaft zu Meningitis und Enzephalitis geführt und bisher weltweit drei Millionen Todesopfer gefordert hat. Gegen die im damaligen – korrupten und unfähigen – politischen System verhängten Maßnahmen zur Bekämpfung der Intrakran-E101-Pandemie kam es nach einiger Zeit zu immer heftigeren Protesten seitens der Bevölkerung. Anfangs war die Seuche von Regierungsvertretern verniedlicht und als im Vergleich zur alljährlichen Influenzagrippewelle harmlos bezeichnet worden. Das Tragen von Gesichtsschutz wurde anfangs für vollkommen nutzlos erklärt, später gesetzlich angeordnet. Hilfsgelder für Wirtschaftsbetriebe kamen verspätet oder gar nicht an, weil sie in dubiosen Kanälen verschwunden waren. Die Testmethoden zur Feststellung von Ansteckungen waren höchst ungenau, die Logistik des Testens impraktikabel und chaotisch. Ständig veranstaltete die Regierung Pressekonferenzen, bei denen einander widersprechende und verfassungsgesetzlich nicht gedeckte Maßnahmen verkündet wurden.

Als endlich einige Vakzine entwickelt worden waren, deren Effizienz von etlichen Epidemiologinnen und -logen angezweifelt wurde, herrschte blankes Chaos bei den Impfplänen. Zusätzlich kam es zu Produktfälschungen, betrügerischen Vakzinverkäufen sowie zu Protektion und Korruption bei den Impfungen: Politiker erschlichen sich Impfungen für sich selber und ihre Angehörigen und Protegés. Als das Land die weltweit höchste Intrakran-Todesrate pro hunderttausend Einwohner aufwies, kam es zur längst fälligen Revolution, zur Ablösung des Regimes und zum politischen Neubeginn auf allen Ebenen.

Der Staatsrat hat – wie erwähnt – Medien sowie Kunst und Wissenschaft einer weitreichenden Funktionsbereinigung unterworfen, um *einheitlich dem Wohl unseres Staates und seiner Bürgerinnen und Bürger zu dienen. Statt Vielfalt hat Gleichfalt zu herrschen. Die Verbreitung jedweder Hypothesen, Theorien, Fantasien und Spekulationen ist untersagt, da diese in der Vergangenheit zu Fehlinformation und Chaos geführt haben.*

Diese Entwicklungen sind von vielen unserer Nachbarländer mit großem Interesse und sehr viel Sympathie verfolgt, von anderen freilich durch Verleumdungspropaganda und Lügenkampagnen verunglimpft worden. Bei der Abstimmung über unsere neue Verfassung und die Einsetzung des Staatsrates haben sich sensationelle neunundneunzig Komma drei Prozent aller Stimmberechtigten für unsere Reformen entschieden. Wir bedanken uns herzlich für das Vertrauen, das uns hier erwiesen worden ist.

Nach einer Umfrage halten übrigens bereits nicht weniger als vierundsechzig Prozent der europäischen Bevölkerung unser System für *wesentlich besser, transparenter und dem allgemeinen Wohl dienlicher*. Das sagt wohl alles und wir dürfen jedenfalls mit sehr viel gespanntem Optimismus in die Zukunft blicken: eine Zukunft der durchgehenden Gerechtigkeit für wirklich alle, der vollkommenen Gleichfalt, der absoluten Unmissverständlichkeit auf allen und jeglichen Gebieten. Eine Zukunft des gleichmäßigen und gleichberechtigten Fortschritts, eine Zukunft von allen mit allen für alle. Ein erfülltes und sorgenfreies Leben, abseits von Fake News, Fehlinformation und Fiktion.

DRITTER TEIL: NACH DER SUCHE

BIANCA

So und jetzten is es nämlich aus vorbei Schluss mit Amore und mit Partnerlook und vor allen mit meinen Arbeitsplatz. Nämlich was hätt der Putzelik machen sollen, er hat eh gekämpft als wie ein Löwe und wie nach den ersten Lockdown ein paar Tausender von der Regierung gekommen sind, hat er wieder aufatmen können und wir haben sogar eine Feier gemacht, also mit einen Abstand und so, am Anfang nämlich, dann schon ein bissel weniger, aber wir waren mit Anhang eh nur neune, und zehne sind erlaubt und wie auch immer. Da hab ich übrigens was erlebt in ersten Lockdown, frage nicht. Nämlich da war so ein urschönes Wetter und da sind wir nur einmal in Volksgarten, also die Clautschi und ich und eine Freundin, die was ein siebenjähriges Mädel hat, und die Freundin von der beinandergesessen und die Kinder haben sich halt gespielt und da kommen bitte zwei Polizisten daher und machen uns eine Szene und schreiben uns auf und sagen das kostet uns fünfzig Euro pro Kopf oder wir kriegen eine Anzeige weil wir in Mindestabstand nicht eingehalten haben. Geht's noch? Und bitte jetzn stellt sich heraus, dass das voll illegal war, nämlich weil das nicht in der Verfassung steht und das Gesetz was die Regierung gemacht hat, ein Huschpfusch ist. Und wir müssen eigentlich das Geld zurückkriegen, aber da brauchst du garantiert einen voll guten Staranwalt, weil nämlich sonst kannst du denen da oben ja nicht an, gell?

In Mai hat mein Scheef, der Putzelik, wieder aufgsperrt und so langsam sind auch wieder Gäst gekommen, also Stammgäst vor allen. In Wien is natürlich kein Tourismus heuer, kein Wunder, und das haben auch wir ein bisserl gespürt, obwohl wir ja eh nicht in Zentrum liegen, aber du gspürst es eben sogar bei uns in Hernals heraußen, dass keine Biffke und keine Amerikaner und keine Japaner da sind und da kommen normalerweise schon auch hin und wieder zu uns ein paar herein.

In Sommer is es so recht und schlecht gegangen. Wir haben ja einen recht netten Schanigarten und da setzt sich auch die Laufkundschaft ganz gern herein hin und wieder. Bitte, mehr als wie einen Cappucino, eine Cocacola, einen Aperol oder einen Hugo bestellen die eh nicht, aber immerhin, das is besser als wie nix. Der Putzelik hat uns gesagt, er kann uns leider Gottes nicht mehr soviel zahlen wie sonsten, unserer Köchin, der Slavica, der Mira und mir. Aber gut, da haben wir klarerweise okee gesagt, nämlich was soll er denn machen, unser Scheef, und zwei Hunderter weniger sind noch immer mehr als wie das Arbeitslosengeld und was hätten wir denn machen sollen sonsten.

Ja, in Sommer wars eh noch ganz zum Aushalten und ich bin viel bei der Sabi und in Alex in Kritzendorf draußen gewesen und hab baden gehen können wenn ich frei gehabt hab und bin auch öfter über die Nacht geblieben an die freien Tage und die Jasmin und die Clautschi waren auch ein paarmal da. Man ist ja relativ schnell draußen und wieder herinnen mit der Schnellbahn und so. Die Clautschi is nicht gut draufgewesen, weil es nämlich mitten Slobo vorbei is, sagt sie. Der is natürlich schon die ganze Zeit arbeitslos und macht so irgendwas in Pfusch und mit Sachen verschieben, alles voll illegal, eh klar. Und dann hat sie sich einmal sein Smartphone, auf dem was er andauernd herumwischt, geschnappt, wie er grad Zigretten kaufen gegangen ist, und da hat sie seine Simsen durchgetscheckt und ist draufgekommen, dass er sie regelmäßig betrogen hat von hint und vorn und dass er deswegen einmal weg und dann wieder da war und nicht, weil er wie er immer gesagt hat wegen einen Tschopp zu einen Vorstellungsgespräch müssen hat. Da hat sie ihm endlich die Schlüsseln weggenommen und ihm hinausgelehnt. Er is dann noch ein-, zweimal säuseln gekommen und hat sich wieder einhauen wollen, aber die Clautschi hat gottseidank gesagt es reicht ihr voll.

In September sind die Infisziertenzahlen schon wieder langsam hinaufgegangen, aber der Kurz hat noch was von einen Licht am Ende des Tunnels gesagt und über die Wintersaison und is Schifahren und dass man sich ordentlich vorbereiten muss. Und dass nämlich die Wirtschaft in stärksten Einbruch seiten Weltkrieg hat und dass sie besonders in der Gastronomie einbricht. Dann sind sie mit der Ampel dahergekommen und der Anschober hat seine Taferln in die Kamera gehalten und gezeigt, was wo rot, grün oder orange ist, und auskennt hat sich aber unter Garantie kein Mensch. Und dann wundern sie sich, wenn die Leute langsam genug haben und bei nichts gescheit mitmachen. Nämlich ich kenn in echt niemand, den was das blöde Hangerl vorm Gesicht nicht schon auf den Hammer geht, weil das bringt eh nicht viel und erstens tragen es viele Männer eh nur als Pappenhangerl und mit der Nasen können sie frei rotzen und schnaufen und zweitens sind sich die Wissenschaftstypen selber nicht einig, ob das Hangerl was bringt oder nicht, sagt der Arni. Nämlich der glaubt denen schon länger nichts mehr und sagt, der Hangerlzwang is eine Einschränkung der persönlichen Freiheit und passt nicht in die Verfassung und sie können ihm langsam dreimal kreuzweis mit den blöden Fetzen. Und jetzten braucherten wir nämlich in Haider, aber den ham sie ja umgebracht, die Bagaasch, weil das kann ihm keiner erzählen, sagt der Arni, dass der Haider Jörg so wenig autofahrn können hat, dass er sich dastesst auf einer schnurgraden Straßen bein Überholn, und den ham si was geben in sein Bier hinein oder sowas.

So, und nach Allerheiligen war's dann Schluss mit lustig. Da simmer noch in die Stadt gangen sozusagen auf einen Absacker in den nächsten Lockdown und dort war der Terroranschlag und wir sind stundenlang im Keller gsessen, bis wir uns wieder hinausgetraut haben, ich will gar nimmer dran denken, ich hab nämlich heut noch Alpträume und wach mit einen Schrei auf und weiß nicht, wo ich bin und wohin ich soll.

Sind wir wieder in Lockdown gewesen mit sechstausend Infiszierte und so und alles war ärger als wie denn je. Nämlich da hat dann mein Scheef, der Putzelik, unser Lokal für ein und allemal zugsperrt und gsagt, er hat schon Schulden wie ein Stabsoffissier und weiß sowieso nicht mehr ein oder aus und da bezieht er lieber eine Arbeitslosen als wie so weitermachen wie bis jetztn.

Na, und ich hab jetztn natürlich auch die Arbeitslosen und weiß auch nicht mehr, wo mir der Kopf steht, wenn ich mir allein in Zins anschau. Von Weihnachtsgeschenke hab ich überhaupt nur mehr träumen können, so total am Sand bin ich finanziell. Sogar die Sabi is online in Kurzarbeit, weil nämlich die Geschäfte von ihren Scheef auch nicht mehr so rosig gehen als wie früher; der hat nämlich eher die kleinen Leut als Kundschaft und nicht die große Politik oder die Mennetscher oder sowas. Es is einfach alles urungerecht.

Von der Sarah hab ich übrigens einen guten Witz gehört: Die Namen von die Politiker werden nämlich gern als Namen für ihre Programme genommen, für die was sie berühmt sind. Also zum Beispiel der Marschl-Plan, die Monroh-Doktrin oder Obama-Kehr. In Österreich gibt es jetzt die Kurz-Arbeit. Ich hab' zwar nur was vom Marschl-Plan gehört gehabt, aber die Sarah hat mir alles erklärt und ich find den Witz voll super. Ich hab' ihm seither in zwei oder drei Kabareeprogramme wieder gehört, nämlich so als Nacherzählung von einen Witz. Dass der Sarah überhaupt noch nach Witz erzählen is, is eh ein Wunder, weil mit den Reisebüro is es jetzten voll vorbei. Wenigstens hat sie noch schnell die Matura zusammengebracht in Juni. Sie lasst sich nicht unterkriegen, die Sarah, und macht so Übersetzungen in Englisch, die was ihr von die Eltern von ihren Freund vermittelt werden. So ist der Marco also ihr Freund doch noch für was gut, weil sonst hat der in seinen Leben noch nix zusammengebracht und studieren tut der mit fünfunddreißig auch noch, wenn er so weitermacht. Nämlich so wie der Kurz is Studium abbrechen und Staatssekretär und Minister und dann Bundeskanzler werden, geht sich für ihm nimmer aus.

Wie ich der Sarah erzählt hab, dass der Arni mit mir auf eine Demo gegen die Coronamaßnahmen gehen will und dass er das ganze Tamtam für eine gezielte Aktion zur Einschränkung von unserer Bürgerfreiheit hält, hat sie gesagt, der hat einen Pascher und ich soll mir überlegen, ob ich ihm nicht in den Krieg schick.

Aber warum soll ich mich mit ihm wegen der Politik zerstreiten? So politisch bin ich in echt nicht. Außerdem könnt ja was dran sein an den, was der Arni sagt, dass sein Bub und sein Spezi, der Jackie sagen. Nämlich sein Bub, der Manuel is jetzn neunundzwanzig und vor einen Jahr isser auch nach Wien gezogen als Inschenöhr und der hat scheinbar was drauf und schaut gut aus und is momentan Singel und ich würd am liebsten die Sarah mit ihm verkuppeln, aber die lasst sich ja ihren ewigen Studenten, in Marco, nicht ausreden. Der Manuel sagt, sagt der Arni, dass die ganzen Coronabestimmungen überhaupt ein Humbug sind. Nämlich die Corona is nur eine ganz gewöhnliche Grippe und bei der Grippe is der Virus ja ein jedes Jahr anders und es gibt überhaupt eine Menge von verschiedene Virusse, weil die ja ständig mutieren wie Sängerknaben in der Buperteet. Nämlich die Maskerade bringt gar nichts, sagen der Manuel und der Jackie und eben jetzt auch der Arni, nämlich ganz egal ob Mund-Nasenschutz oder FFP2. Es geht überhaupt erstens darum, dass die Pharmafirmen ihre Profite in die Höh treiben und zweitens, dass uns alle möglichen Lobbies unsere

Freiheiten massiv einschränken wollen und die haben nämlich unsere Politiker in der Hand, weil sie sie schmieren. Da gibt es so Interessengruppen, die was am liebsten eine autoritäre Weltregierung aufstellen wollen. Der Jackie sagt zusätzlich, dass er auf Wott-Sepp gelesen hat, dass der neue Grippevirus in einen Laboor in China erfunden worden is, damit China die ganze Welt in der Hand hat mit allen. Aber der Virus ist ihnen ausgekommen und sie haben die Kontrolle über ihm verloren und so nach und nach die ganze Welt verseucht.

Der Arni will jedenfalls auf jeden Fall zu der Demo gehen, weil er sagt, er lasst sich nicht alles gefallen. Ich hab' ihm gesagt, er soll vorsichtig sein, dass ihm sein Scheef nicht hinaushaut, nämlich bei die Elektriker is es auch nicht mehr so rosig und Kurzarbeit hat er eh schon. Die ganze Coronageschichte kann einem richtig deprissiv machen.

ARNI

Olso i bin jo normal eh imma a Llustiga, wäull es bringt jo nix, wonn du ollawäul nur ummatschenschst und mid an fadn Aug ummalaafst, oba wos i in lletzta Zeit mitmoch, dos winsch i nit amol mein eagstn Dodfähnd. Eascht de Kchorona mit an holbwegs gmiatllichn Vallauf, oba hä, mit so gwisse Hindanisse fia mei Gschichtll mit da Biankcha, die wos donn doo nit bähn Jackchie gebliem is, wäull der is jo mehr a so a Jaaga und Sommla und der wüll jo goa nix Festes, oba jetzt homma si nimma bäh die Paatnalluckch-Düppm treffen kchennan in easchtn Llockchdaun, und i bin zeascht lei so zwaa, dreimol mit da Biankcha in da Schwoaznbeagalläh spaziern gongan, oba hä, sunst hot si nix obgschpüllt, wäull sie hot gmaant, in ian Hauß hom die Wänd Uawaschlln und, waaßt eh, womeegllich wea ma mia vapfiefm von die Nochban, und sie hot si om Onfong aa nit zu mia kchumman getraut, oba donn endllich doch in Aprüll und do hot es donn gekchloppet. Nochant woa da Summa volla Hoffnung und da füll entsponntaran Fuatsetzung mittn Biankchagschichtll und sogoa Paatnalluckch hätt wieda ongfongan in Heabst, oba dos hätt ma mia uns nimma dallähstet mit da Kchuazoabeit und mit gonz scheen wenicha Nähdsch. Nochant frisch wiedar a Lllockchdaun und dos glläh zwaamol und zun Schluus kchaa Hockchn mea, wäull sie nit amol mea olle Ellekchtrikcha brauchn. Und wonn du so wiar i schon a bissalle zun oltn Ähßn zöhllst, donn kriagst du womeegllich nohch da Kchorona aa kchaa Hockchn mea und konnst in Pfuusch hackchlln und dos follt dir speeda bei da Rentn om Kopf, waaßt eh.

Bein easchtn Llockdaun homma mia no olle brav mitgmocht, sogoa i, obwohl i jo schon immun gweßn bin, mindestens fiar a poa Monat, hot da Oazt gsogt. Auf jedn Foll homma si olle gefiachtat fua den Virus, host jo nix Genaues wissn kchennan iewa dos Gonze und es hom olle geglaabt, de Regiarung und de Dokchtan wissn eh gonz genau, wos zun tuan is und denkchn si wos bei die Gsetzlln und Gsatzlln de wos si außabringan. Zu Oostan hot ma si donn zun easchtn Moll gefrogt, ob de Regiarungsdüppm no wissn wos si tuan, wia do die Polizäh olle meegllichn Lähd obgestroft hot ols ob sie Kchriminölle waan wonn sa si lei iagandwo in die Wießn huckchn und a Forölln lutschn oda zwaa. Und donn hom si gwoatad bis ongeblich scho wieda fost zehntaußnd ongsandllt woan und hä, es is da näxte Llockdaun kchumman.

No, dos woa wos, konn i nua sogn! Do hätt ma mir, die Biankcha, da Jackchie und säh nähche Taubm gonz llächt in Leffll obgebm kchennan, wommar a Pech ghobt hädn, bist du deppad! Om Ollasöllntog denkch ma mia uns, hä, muagn fongt da nexte Llockchdaun on und hähte is grod no amol a so a scheens Wetta, womeegllich is lletzte Mohl, befuas kollt wiad, waaßt eh, und do gemma mia olle fiare in die Stodt so zun Beamudadräheckch und du hättast do jo echt no draußnhuckchn kennan, so woam isses gweeßn, und do wollt ma mia hollt a Kchlaanigkäht eessn und no amol a poa Bia zischn, befua ollas wieda zuaspead. No, mia sitz ma do in aan von de Bähßlln om Robnstähg und es kchnollt drausen so a poamol und in Jackchie säh Taubm sogt: is dos jetzt a Schiaßaräh oda wos, und do kchumman auf amol so fümf, sechs Düppm bäh da Tia ähne und sie schrähn: do drausn wead gschoosn, do drausn wead gschoosn! Und do kchummt aa scho da Wiat daheagrennt zun Tiazuaspean und ea schräht: ollas in Kchölla obe, gemma, zahds on, ollas in Kchölla obe! Und so samma mia donn aufanonda gepickcht in Kchölla gsessn bis noch Mittanocht, und es hom a poa prowiad min Smaatfoon senare Fränt onruafm, oba hä, do is kaa Empfong gweeßn in den Kchölla und mia hom ma uns eascht noch so drei, fia Stund auffegetraut, wia da Wiat oom nochgschaugt ghobt hod und gsogt hod, ea gllaabt, jetzt isses fuabäh mit da Schiaßaräh. Dos woa dea Terroronschllog von den duachgedraadn Düppm vom Ißllamischn Stood, waaßt eh. Mia samma donn obtschapiad zun Donaukchanal obe und zfuas haam, wäull de Tramwäh is jo nix gongan.

Und wia ma so umma hollba draie in da Hapfm woan, do woa scho Llockchdaun und isses bliem bis zum siebzehntn Nofemba. Do hom se aufgspead, damit die Llähd senare Wähnochtspackchallan zsommandakaafm und hä, donn is schon da näxte Llockchdaun kchumman om Stephanitog und mia renn ma jetzt olle mit den blähdn Hangalle ummadum, von den wos eh kaana waas ob's nit a Llarifari is.

Jednfolls lleeb ma jetzt wia in aana Dikchdadua, du deafst kaane Fränt ähnllodn oda mit senan a Bia zischn gehn, konnst nix ähnkaafm und i gllaab, i deafat nochn Gsetz nit amoll mit da Biankcha schnaxlln oda hextens mit an Hangalle fuan Gfries und wonnst do nit fuchtig wiast, donn bist a Häulicha.

Da Jackchi hot aa schon die Noßn voll. Er hot zeascht gmaant, dea Virus is a noamale Gripp und wonn du so wia ea a guates Immunsystem host, donn tuad da dos iewahaupt nix; speeda hot a gsogt, ea hot si gedähscht, wäull ea hot ghead ghobt, dea Virus is von die Kchinähsa in Llabooa eafundn wuan, damit sie in da Wölltwiatschoft die Numma aans wean wäull, waaßt eh, sie hom jo schon dos Gegengift und hä, san olle schon wieda gsund und fidöll wo die ondan und fua olln die Ami mülljonanwähß ongsandllt san. Sogoa in Tramp hods dawiescht, lei nua a bissalle, oba doo, und ausadem san aa no da Büll Geets und die Faamafiaman betäulligt, wäull hä, de wean si blähd fadienan onnan Impfstoff, wiast sähgn und jetzt samma schon sowähd und die EU haut Mülljonan auße fia dos Zeig von unßan Steiagölld, wäull jo Östarrähch aana von die poa Nettozohla is, die wos du on die Finga von aana Hond obzöhlln konnst.

Und da Jackchi sogt, dos de Impfaräh genaußo fia die Kchotz is wia dos blähde Hangalle und dos deppade Obschtondholten. Dos wiad nua fallaungt, wäull ma uns unsa Frähäht wegnemman wüll und uns unta Kchuratöll stölln und de Kchorona is de beste Gellegenhäht dafia. Drum gemma mia zua Demo, wäull hä, ollas wea ma si nit gfolln lossn von deara Bagaasch von Regiarung. Da Kchickchll Heabeat hots senan uandllich ähnegsogt, wos a davon holltat und i hoff, doss die Frähhähtllichn den Hofa obsaglln, wäull dea redt ollawäull so siebmsias ummadumm und wüll si bäh olle ähhaun, oba da Kchickchll sogt wossa si denkcht, aa wonn eam nochant de roadn und de greanan und de düakchißanan und de pinkchn Gfrasta behondlln wiar aan Schtohdsfähnt, waast eh. Dea maants guat, da Kchickchll Heabeat und ear is a grohda Michll und hä, ols Innanminista hot a füll wähtagebrocht, nehd so wia dea Dogga fon an Nähhomma, den wos ma richtig Wähhomma haaßn solltad.

Jetztn muas i nua mea die Biankcha iewazähgn dos sie mitgehd bäh da Demo aufm Ring, wäull sie sogt, de Pollitikch is ia in Brinzipp blunzen und wonn die Frähhätllichn nit dabähsant, isses eh ghupft wia ghatscht wöllche Foab jetzt grod om Ruada is. Na na, mia miaß ma unßare demokchratischn Menschnrechte fatähdign geng solchane Tschuckchn wiar in Kchuaz, in Onschoba, in Kchoglla und in Wähhomma. Mia homma jo jetzt eh nix ondares zun tuan, waaßt eh.

KARO

Es ist natürlich schon eine Ironie, das Ganze, nicht? Dass ich also so kurz vor einem Zeitpunkt, zu dem Kontakte schwierig bis unmöglich, ja größtenteils ganz einfach verboten sind, also den Entschluss gefasst habe, einen Kontakt anzustreben. Dieser Entschluss war ein lange gereifter, nicht wahr, aber ich sage mir jetzt oft: Karoline, sage ich mir oft, vielleicht hast du zu lange gezögert. Man sagt ja nicht von ungefähr: Wer zu spät kommt, den bestraft die Geschichte.

Es ist ja andererseits nicht so, dass ich nie und niemals ein gewisses Interesse für das andere Geschlecht gehabt hätte. Freilich waren die sozusagen scheinbar in Frage kommenden Vertreter des anderen Geschlechts also eines tieferen Interesses nicht würdig, nicht? Es kann sich ja nicht alles immer nur um das Eine drehen, nicht wahr, und natürlich habe ich Anspielungen, Angebote und Avancen dieser Art stets mit einer gewissen Entrüstung zurückzuweisen verstanden. Es heißt ja auch: Drum prüfe, wer sich ewig bindet, und dieser Prüfung hat eben keiner der allfälligen Bewerber standgehalten. Zu seichten Allerweltsbeziehungen hat es mir also auch an der nötigen Zeit gefehlt, denn ich hatte ja meine Verpflichtungen gegenüber Mutti, nicht wahr? Als sie dann im Alter von zweiundsiebzig Jahren und damit natürlich viel zu früh von Gott zu sich gerufen worden war, bin ich in tiefer Trauer und Gefühlsdüsterkeit versunken. Auch musste ich zunächst einmal das Alleinsein erlernen, was einem nicht leichtfällt, wenn man aus einer von liebevoller Verantwortung und Obsorge geprägten Mutter-Kind-Beziehung gerissen worden ist. In dieser Phase habe ich naturgemäß keinerlei Gedanken an eine allfällige Bindung verschwendet. Vielmehr habe ich Trost im Glauben gesucht und seitdem nur selten die heilige Sonntagsmesse versäumt, also fast wie in Kindertagen.

Nun, was die Suche nach einem allfälligen männlichen Gefährten betrifft, so ich bin also auch bei Partnerlook und sowohl in der Encounter Group als auch abseits derselben – also im bloßen Internetkontakt – eher enttäuscht worden. Nicht dass es nicht interessante Vertreter des anderen Geschlechts gegeben hätte, aber ich habe mir bei einem jeden nach kurzer Zeit sagen müssen: Karoline, der passt nun also wirklich nicht zu dir.

Da war zum Beispiel der ordentliche Herr Professor Opitz, nicht wahr? Ich muss schon sagen, dass man ihm seinen Status also in keiner Weise ansieht; er kleidet sich in einer fürchterlich schlampigen und nachlässigen Weise. Ich meine, nach einer Radtour und einem Waldlauf im Trainingsanzug zum Gruppentreffen zu kommen, das ist also wirklich ungehörig, nämlich sozusagen allen gegenüber ein Fauxpas. Freilich hat man seinem Wortschatz, seinem Wissen und seinen Sprachkenntnissen angehört, dass daraus eine wirklich hohe Gebildetheit spricht, nicht wahr. Leider benutzt der Herr Professor diese hohe Bildung vor allem dazu, andere zu provozieren und sich über fast alles entweder lustig zu machen oder sich darüber zu mokieren. Das ist sehr schade und womöglich steckt ein hochsensibler und tief enttäuschter Charakter hinter solchem Hofnarrentum. Absolut geschmacklos und moralisch verwerflich, weil für gläubige Menschen verletzend war sein Auftritt beim Thema Religion. Da hat er es sich wohl mit fast allen verscherzt. Mit mir also in jedem Fall, nicht wahr.

Dieser Schriftsteller Oliver Anwander, immerhin Magister der Philosophie, der also unsere Schreibwerkstatt geleitet hat, besitzt dagegen ein angenehmes und gepflegtes Äußeres. Auch seine Umgangsformen sind tadellos, höflich und sogar irgendwie charmant, nicht. Leider hat sich da kein wirklicher Kontakt ergeben. Es dürfte auch bei aller Liebenswürdigkeit nicht einfach sein, an ihn wirklich heranzukommen. Zuletzt hatte er, wie mir schien, zu dieser Hochzeitsmanagerin einen besonderen Draht, aber da mag ich mich also getäuscht haben. Schließlich und endlich ist sie ja um mindestens zehn Jahre älter als er, obwohl man ja heutzutage nie weiß, ob sich da altersmäßig nicht höchst absonderliche Konstellationen ergeben, nicht? Ich meine, wenn der Mann um zehn oder zwanzig Jahre älter ist, ist das schon etwas Anderes. Also wenn ich einen zehn Jahre jüngeren Partner hätte, würde ich vor allem mütterliche Gefühle für ihn entwickeln, aber bestimmt keiner sozusagen ehelichen fähig sein, nicht wahr.

So richtig aus nächster Nähe habe ich diesen Kärntner Proleten kennengelernt, und da muss ich schon sagen: Nein, also danke, der gute Mann liegt allzu deutlich unter meinem Anspruchsniveau. Genauso wie dieser angebliche Controller, der ja auch primär um diese Hochzeits-Eventmanagerin Johanna gebuhlt hat, nicht wahr? Na, vielleicht hätten diese zwei ja gar nicht so übel zusammengepasst. Aber die gute Dame hat ja wirklich mit allem geschäkert, was Hosen anhat, mit dem Linguistikprofessor genauso wie mit dem Controller, dem Turnlehrer und dem Schriftsteller, ja gelegentlich sogar mit diesem Kärntner Proleten.

Ich weiß ja nicht, was sich abseits von Partnerlook abgespielt haben mag und noch abspielt, und ich will es auch gar nicht wissen. Auf jeden Fall ist es mit Partnerlook vorbei. Doktor Tolbuchin ist schwer krank, wie es heißt, niedergestreckt von SARS Covid-19, seine Ehefrau hat es naturgemäß ebenso erwischt, und von Oliver Anwander hört man jetzt also Partnerlook-mäßig auch nichts mehr. Angeblich preist er auf You Tube und Facebook und WhatsApp, und wie das ganze Zeug heißt, seine neuesten literarischen Werke an. Aber bei You Tube und Facebook und WhatsApp sage ich mir: Karoline, du brauchst nicht bei allem dabei sein, was in ist, wie das so schön heißt. Wenn die

Buchhandlungen irgendwann einmal wieder aufsperren und ich ein Buch von Anwander in der Auslage sehe, dann werde ich es mir wohl kaufen, nicht wahr, als Erinnerungsstück nämlich.

Ja, die Pandemie hat das Partnerlook praktisch kaputt gemacht, ebenso wie so viel Anderes in unserem Land, nicht wahr, von Kulturstätten über Hotels und Restaurants bis zu Handelsunternehmen, Reiseveranstaltern und Fluglinien, ganz zu schweigen von den zahllosen Menschen, die ihre Arbeit verloren haben. Ich bin mir bewusst, dass ich zu den Glücklichen, also ja geradezu Privilegierten gehöre. Die Verpackungsindustrie stellt ja einen der wenigen Gewinner dar in diesen Zeiten: Ihre Umsätze haben sich dank des Onlinehandels deutlich gesteigert und mein Arbeitsplatz ist in der Tat sicherer denn je.

Als gläubigem Menschen ist mir übrigens der Gedanke durchaus nicht fremd, dass Gott die Coronapandemie also sozusagen als Strafe für die zahllosen Sünden der Menschheit über uns geschickt haben könnte. Gleichzeitig liegt es mir fern, der Pandemie wegen in völlige Verzagtheit und Verzweiflung zu verfallen. Für eine gläubige Christin wie mich gibt es immer Hoffnung, nicht?

MICK

Fuck, das hab' ich alles gebraucht. Voll. You never stop llearning. Nämlich da hat alles so easygoing ausgeschaut, zuerst mit der Hanni und dann mit der Bertha, und ich hab' auch unsere Richterin – die Vanessa – ganz schön cooll oder eher hot und nicht grad unsexy gefunden, also ein bissall mehr Fleisch vor allem im Busenbereich würde man sich halt bei ihr wünschen, aber okee, es hat auch ein zierllicher Busenbau seine Reize, und auf jeden Fall war ich da in der Encounter Group voll optimistisch und wir haben ja schon ein Deet unter vier Augen und unter zwei Bodies gehabt, die Bertha und ich, obwohl mir Honey Pie noch llieber gewesen wär, bei der ich blöderweise vorher zu tief ins Glasall geschaut gehabt hab' und es damit lleider voll verbockt hab', den Honey Ewent. Obwohl ja aufgeschoben nicht aufgehoben sein muss und obwohl sie behauptet hat, der komische Altachtundsechziger-Professor soll ihr absoluter dream boy sein. Na gut, Geschmäcker und Ohrfeigen sind verschieden.

Gut, dann hab' ich mich halt leider mit der Corona angesteckt und es ist der erste Llockdown gekommen und ich war noch fast bis zum Sommerbeginn echt mehr hin wie her. Die Frau Doktor Bertha ist im Juli nach Australien getschettet und ist drum auch im August nicht erreichbar gewesen.

Es war dann einmal im September so ein Treff mit Abstand im Garten von so einen Rundfunkheini aus einer anderen Encounter Group, aber no Bertha girll present. Es ist dann eine Imeell an alle gekommen, dass Partnerllook voraussichtllich im Oktober weitergehen wird, und zwei Wochen später, dass der Herr Doktor Tolbuchin krankheitshalber noch nicht so weit ist und auch seine Frau Gemahlin in Kwaranteene und wir rechtzeitig Bescheid kriegen, wann's wieder llosgehen kann mit den Partnerllooken.

Dann war's eh schon wieder vorbei und bitte im zweiten Llockdown googll ich mir so zum Spaß das Jawortinstitut und schau mir die Hoompeetsch an und erfahr, dass das Jahrbuch Jawortjahrbuch und die Zeitschrift Jawort heißt und glleich darauf: Vhat see my veak eyes? Lleitung Frau Magister Johanna Opitz-Spannagll und eindeutig ihr Foto vom Scheitll bis zum Busen.

Und it rings a belll: Heißt der Althippieprof nicht auch Opitz? Sofort gegooglIt und er heißt natürllich wirkllich so und der nächste Gedanke: Die zwei werden doch nicht Bruder und Schwester sein oder gar miteinander verheiratet? Der Rest war easy, weill ich hab' dann weitergegooglIt und bin auf ein paar Fotos von denen zwei gestoßen, nämlich funny enough aus einen Jawort zum zehnten Jubilläum von Jawort und da waren die zwei Typen: Unsere Scheefin Johanna und ihr Llangzeitgemahl Univprof Doktor Maximillian Opitz und zweimal big smeill.

Hab' ich mir dann gedacht, ich geb' der Hanni einen Call, damit sie weiß, sie kann nicht einen jeden für blöd verkaufen und mich in no vee.

Hallo, Honey Pie, hier Mick. Wie geht's dem Herrn Llangzeitgemahl?

Ach, hast du's rausgefunden. Na, das ist ja jetzt auch schon wurscht, oder nicht?

Also haben sich die zwei einen Hoox gemacht und haben sich voll per Heckmeck bei Partnerllook eingeschrieben. Na ja, vhy not?

So, und von Partnerllook hat sich niemand mehr gemelldet, auch nicht nach zwei Imeells von mir. Und wie ich angerufen hab', bin ich voll in der Endllos-Warteschlleife gellandet mit ein paar Takte Klleine Nachtmusik und den blöden Anrufbeantworter: Partnerllook, das etwas andere Partnervermittllungsinstitut. Im Augenblick sind wir lleider nicht erreichbar, bitte hinterllassen Sie Ihre Botschaft nach dem Pfeifton. Supercalifratschillistig expiallegorisch. Ich hab' so einen

Rundruf gestartet und diesen Kärntner Unterschichtller Arni, den Lllehrer Llukas und die frigide Nudll von Karo erreicht, und die haben alle auch nichts gewusst.

Ein bissall später hab' ich es dann noch bei der Frau Llandesrichterin mit dem Minibusen probiert und sie im dritten Anllauf erwischt. Die hat gesagt, sie gllaubt, dass der Tolbuchin und seine Alte sich ins Auslland vertschüsst haben und wir uns Partnerllook voll abschminken können, und alle, die im Voraus gezahlt haben, haben ein Pech gehabt. Sie wird aber in der Sache noch ein bissall recherchieren und dann allen die Info schicken, was genau da passiert ist.

So, und als ob das nicht genug gewesen wär', ist meine Firma dann ein paar Tage vor Weihnachten in Konkurs gegangen und merry Icksmess everybody. Ich hab eh fast nur mehr onlline gearbeitet gehabt und hab' nur alle ein, zwei Wochen analog vorbeigeschaut und dadurch concerning our company steetus genau gar nichts mitbekommen. Den Scheef hab' ich schon seit Julei nicht mehr gesehen gehabt, auch bei den regllmäßigen Skype conferences nicht, und ich hab' mir aber nichts dabei gedacht, weill sowas ist öfter vorgekommen und du machst im consullting business ja voll viell allein und auf eigene Faust, was normal eh voll cooll ist. Und dann ist eben die Icksmess insollwency gekommen und wir sind alle aus allen Wolken gefallen.

Gut, lladies and gentllemen, this is not the end of the worlld. Auf zum AMS und if worst comes to worst, muss ich auf meine Rückllagen zurückgreifen und in drei Jahren gibt es dann neben dem regullar retirement pay zum Gllück noch die Privatpension und von so zweitausend pör manss verhungerst du nicht, ye know. Und wenn die Bertha auf Tauchstation bleibt, dann muss ich mir halt die Frau Llandesgerichtsrat und ihren klleinen Busen aufreißen. Bei der hat ja, soviell ich weiß, noch keiner angebissen und eigentllich wundert mich das voll, weill sie hat schon was, die Klleine, und jünger wie die zwei anderen ist sie auch noch dazu. Fack, je mehr ich dran denk', desto mehr werd' ich immer gamsiger.

BERTHA

Ich hätte im Juli wie gesagt nach Australien zu einer Studienkollegin fliegen wollen, die in England einen Chirurgen aus Sydney kennengelernt hat und dort ganz hingezogen ist, wo sie dann auch geheiratet haben. Ich war schon dreimal dort, nur ist es diesmal nichts geworden. Schade, weil ich bin gern bei den Aussies. Nicht unbedingt wegen der Landschaft, von der so viele schwärmen. Ehrlich gesagt, das Outback mit Steppen und Kängurus und Koalas und Dings ist nicht so mein Fall, aber die Städte sind echt super. Wir sind miteinander schon in Brisbane und in Melbourne gewesen und ich hab' mir so viel wie möglich angeschaut. Aber im Sommer war das dann leider nix. Im Sommer ist ja bei denen eigentlich Winter, da hast du vielleicht zehn, zwölf Grad und schütten tut's auch oft als wie.

Die haben auf die Pandemie ziemlich schnell und resolut reagiert, die Aussies. Der Patient Numero eins war ein Australier, der aus Wuhan heimgekommen ist, und schon im Februar haben keine Chinesen mehr nach Australien hineindürfen und dann hat man auch noch Auslandsreisen verboten und heimkehrende Australier haben gleich einmal vierzehn Tage Hotelquarantäne auf eigene Kosten aufgebrummt gekriegt. Im Sommer hätt' ich als Ausländerin ohne Aufenthaltstitel und Dings sowieso nicht hineindürfen. Wie gesagt, schade, aber da kann man nichts machen. Wenn's doch noch gegangen wär', wär' ich wie gesagt auch spontan hinübergeflogen (oder eigentlich hinunter- oder hinauf-, weil's ja auf der anderen Seite ist), aber es ist halt nicht gegangen wegen der australischen Generalprofilaxe.

Das Royal Prince Albert Hospital muss man gesehen haben, by God. Was die an advanced medical equipment und technology haben, da können wir uns in unserer Klinik noch ein paar ordentliche Scheiben herunterschneiden. Ist ja das größte und modernste hospital im local health district. Wenn ich nach Sydney komm', bessere ich auch immer mein medical English auf.

Auf jeden Fall haben die das Virus voll gut in den Griff gekriegt, also besser als wie wir in any case. Ich bin dann nach Kärnten, ist ja auch schön und Fliegen ist eh so eine Sache in diesen Zeiten. Und das Wetter ist auch besser in Kärnten, als wie in Haus nämlich.

Und à propos Haus: Bitte, ich sag' einer Freundin von mir, unserer Anästhesistin, der Maja, sie kann gern zwei Wochen in meinem Haus in Haus hausen und Dings, und sie kommt mit ihrem neuen Freund. Und bitte, da vernadert uns ein Nachbar – ich hab eh einen Verdacht, welcher – und ich krieg eine Anzeige wegen widmungsfremder Verwendung eines Zweitwohnsitzes. Hallo? Geht's noch? Was heißt da *widmungsfremd*? Ich hab' ja kein Laufhaus und keinen Drogenumschlagplatz draus gemacht, oder? Aber das war der blöde Lockdown und ich bin auch verdächtigt worden, dass ich ein Geld dafür nehm'. Sonst noch was? Die Geschichte ist nach wie vor am Laufen, aber das kann mich ein paar Tausender kosten, sagt mein Anwalt. In Hallstatt haben sie überhaupt probiert, die Zweitwohnsitzler aus Wien ganz hinauszuekeln, wegen der Ansteckungsgefahr und so. Da siehst du wieder, dass ordentlich viele einen Pick auf die Wiener haben. Dabei ist wie gesagt meine Großmutter mütterlicherseits eine steirische Bäuerin gewesen! Gut, dass ich einen guten Anwalt hab', der sich mit Immobilien und Wohnrecht und Dings gut auskennt.

Wie bei uns der erste Lockdown over war, hat dann dieser Mick ein paar Mal angerufen und mir ein paar SMS mit Liebeserklärungen und Dings geschickt, aber der ist mir ehrlich gesagt nur mehr auf den Keks gegangen und ich hab' ihm dann gesimst, dass ich den ganzen Sommer in Australien bin, mit einem medizinischen Aufenthaltstitel und damit basta. Dann hab ich eine Ruh gehabt von dem Typ. Im September hat er's noch dreimal versucht, da hab' ich mich aber nicht mehr gerührt, wenn ich seinen Namen am Display gesehen hab', und dann hat er offenbar aufgegeben.

Das mit dem Professor Max ist ja auch voll danebengegangen und mir hat es eh schon gereicht mit Partnerlook. Denen trauere ich wirklich nicht nach. Die Vanessa hat mir gemailt, sie glaubt, der Tolbuchin ist abgezwitschert mit seiner Alten und unser Geld ist auch fort, na gut, man hätte es intelligenter verwenden können, aber what shalls? Ich wär' auch gar nicht mehr hingegangen, wenn die wieder einmal aufgesperrt hätten, weil grad kein Lockdown mehr gewesen wäre, und womöglich alle schon geimpft und Dings. Die Klinik ist ehrlich gesagt sowieso ein besseres Beziehungsanbahnungs-Biotop als wie irgendeins von diesen Partnervermittlungsinstituten. Und kosten tut es auch nichts, wenn du mit wem anbandeln willst.

Weihnachten war freilich ein Fest der Stille, weil die klinische Weihnachtsfeier haben wir uns abschminken können von wegen Kontakteinschränkung und Dings, und Ganslessen mit FFP2-Fetzen geht auch nicht so recht. Am Heiligen Abend bin ich um drei viertel neun nach Hause gekommen und hab' mir mein Minibäumchen angezündet und mir das Weihnachtsoratorium vom Bach angehört und bei „Schlafe, mein Liebster" hab' ich heulen müssen als wie. Ich bin dann vor dem Spiegel gesessen, hab' mich erst mit einem galiläischen Rotwein und dann mit einem irischen Whisky angezwitschert und mir immer wieder selber zugeprostet: Merry Christmas, Berthaherzchen, Merry Christmas, darling. Grad dass ich es noch ins Bett geschafft hab'.

Aber es gibt – Bundes-Basti-haft ausgedrückt – ein Licht am Ende des Tunnels. Im Frühjahr kommt nämlich der Russmayer Ossi zurück aus Burundi, und das macht mich ganz kribbelig und Dings. Den hab' ich glatt schon verdrängt gehabt. Das war so ein One-Night-Stand, bevor er wie gesagt nach Afrika gegangen ist vor bald zehn Jahren mit Ärzte ohne Grenzen. Der hat an dem Abend damals ein bisserl den Blues gehabt wegen dem Weggehen und ich hab' nichts vorgehabt – und mein Göttergatte, der Gertschi, im Nachtdienst und so. Nein, dass ich den Ossi schon ganz vergessen gehabt hab'! Fast hätt' ich es noch mit so einem Typ aus der Internetmannschaft von Partnerlook probiert. Ich glaub', ich hab' den Ossi unbewusst abgeschrieben wegen Afrika, weil ich hab' mir gedacht, der kommt nie wieder. Dabei war der ursüß und so in meinem Alter. Wer weiß, vielleicht wird das ja wieder was, ich mein natürlich für länger und Dings. Ehrlich gesagt, der freie Markt ist ja doch gescheiter als wie der Beziehungsdirigismus. Und das Internet gibt's ja sowieso immer für alle Fälle.

Nein, wie gesagt, mir wird richtig kalt und warm, wenn ich an den Ossi denk', und ich träum davon, dass wir's uns in Haus gemütlich machen, damit sich die Nachbarn ordentlich in den Hintern beißen. Lockdown hin oder her. Es wär' halt schön, wenn wir schon geimpft wären, und bitte nicht mit Astra Zeneca, sondern wenigstens mit Pfizer oder Moderna oder von mir aus auch mit Sputnik, aber das Astra Zeneca ist nichts für ältere Semester, weil es überhaupt nur sechzig Prozent wirkt, so ähnlich wie eine Grippeimpfung, heißt es, weil da musst du ja auch den richtigen Virenstamm erwischen. Gut, ich bin ja keine Virologin. Leider bin ich ein bisserl zu jung dafür, dass ich Astra Zeneca ausblenden kann. Ich wär' ehrlich gesagt lieber für was Anderes zu jung.

Na Gott sei Dank hat man ja Beziehungen, und unser Scheef, der Tappeiner, wird schon schauen, dass wir den richtigen Impfstoff kriegen. Neulich hat er eh so herumgeheimnist von wegen, dass er da ein Atout im Ärmel hat und wir wahrscheinlich ein bisserl früher als impfplangemäß geimpft werden können. Wär' ja noch schöner, wenn die Politiker bestimmen, wer wann impfwürdig ist. Und dabei haben sich alle möglichen Provinzbürgermeister und politischen Gschaftlhuber schon eine Impfung erschwindelt, im Altersheim und so. Der eine hat doch glatt gesagt, er hat sich impfen lassen, weil eine Portion übriggeblieben ist im Altersheim und er verhindern wollen hat, dass sie die übriggebliebene Ration wegschmeißen, weil er schmeißt daheim auch kein Essen weg. Ein verlogenes Aas; na, Politiker halt. Das geht quer durch die Parteien, also halt Türkis, Blau und Rot. Die Grünen und die Neos haben zu wenige Bürgermeister und Gemeindefuzzis und Dings, sonst tät' es mit der Zeit bei denen aber unter Garantie genauso zugehen. Wird schon noch werden, wenn die einmal länger an den Futtertrögen sitzen.

Bei den Impfstoffen hat sich, scheint's, die ganze EU von dieser Astra-Zeneca-Partie hineinlegen lassen, von der Ursula von der Leyen angefangen bis zu unserem glorreichen Coronaquartett. Müssen wir halt was Anderes spritzen. Also ehrlich gesagt, wenn uns der Scheef ein russisches oder chinesisches Vakzin verimpft, stört es mich auch aber sowas von nicht im Geringsten. Besonders die Chinesen haben eh die meiste Erfahrung mit dem Virus und der Tappeiner hat herumgeblödelt mit seinem Impfatout im Ärmel und hat gesagt, er muss da was tun für uns, das ist seine universitätsklinische Pflicht, weil sonst geht es ihm ähnlich wie dem Kaiser Augustus nach der Schlacht im Teutoburger Wald und er steht da und klagt: Virus, Virus, gib mir meine Legionen wieder!

LUKAS

Lange Zeit ist mir der Professó egal gewesen. Ich habe ihn kaum wahrgenommen. Aufgefallen ist er mir erst mit seiner im Grunde witzigen Tirade gegen Religion und ihr *Verblödungspotenzial,* wie er das genannt hat. Da waren alle Gruppenklüngel bereits gebildet und es hat sich einfach keine Gelegenheit zu einem Gespräch ergeben. Man hat einander zugenickt oder -gelächelt, allenfalls Hallo gesagt. Dieses Hallosagen nennt er den Telefongruß. Eine Zeitlang, so er, habe er darauf mit „falsch verbunden" geantwortet, aber mit der Zeit resigniere man vor diversen Sprachentwicklungen. Über die hat er sich dann in seinem Schreibwerkstatt-Beitrag ausgelassen, und ich muss sagen, dass ich zwar ein klein wenig toleranter bin, ihm aber weitgehend recht gebe.

Wir sind uns einig: Um den geistigen Zustand unserer sogenannten Kultur richtig einschätzen zu können, muss man sich nur die Fernsehwerbung ansehen. Weiß bemäntelte Pseudoärztinnen und -ärzte – in Wahrheit letztklassiges und daher gescheitertes Schauspielerproletariat, meist synchronisiert – preisen nutzloses Zeug an, das gegen Husten, Schnupfen, Rheuma, Regelbeschwerden, Erektionsstörungen, Inkontinenz, Zahnfäule, Übergewicht, Verdauungsstörungen, Vitaminmangel und vor allem gegen das Altern helfen soll. Antidemenzpräparate werden kaum, verblödungsverhindernde Arzneien überhaupt nicht beworben. Es wimmelt von zurechtgehübschten Tussis, die Kosmetika, Büstenhalter, Unterhöschen, Süßigkeiten oder verschiedenste Getränke anpreisen. Samt und sonders Produkte, die Schönheit, Lebensqualität und Sex-Appeal verheißen. Lenkraddrehende Machoidioten raten zum Kauf von Autos, deren PS-Zahl sich umgekehrt proportional zum Intelligenzquotienten ihrer potenziellen Besitzer verhält. Geiz ist geil, Möbel kosten fast nix, bärtige Pseudobiobauern präsentieren *nachhal-*

tige Produkte, die unsere abendländische Übergewichtsgesellschaft und ihre Umwelt gesund erhalten sollen. Hin und wieder taucht ein seriös tuender Bankfuzzidarsteller als Anlageberater auf. In das ganze musikumdudelte, hektisch herausgesprudelte Werbegequatsche muss möglichst viel europigdinenglischer Mumpitz eingestreut sein. Kämen Außerirdische auf Besuch, sie müssten den Homo occidentalis für einen dekadenten Volltrottel halten.

Im Spätsommer habe ich Max dann bei einem Freiluftkonzert in Scheibbs getroffen: Sonaten von Johann Heinrich Schmelzer. Sogar die für Zink. Ich dachte mir: Ein Mensch, der sich diese Art von Musik anhört und deswegen nach Scheibbs fährt, muss ein Seelenbruder sein. Es hat sich herausgestellt, dass wir das in der Tat sind, auch wenn der Professó um fünfundzwanzig Jahre älter ist. Wir haben sogar im gleichen Hotel gewohnt, Typus viel Holz, Waldesrand, Ruheinsel. Max spielt *erträglich Klavier und weniger erträglich Violine,* ich spiele nicht so übel Oboe und eher übel Klavier, die Blockflötenvarianten Sopran, Tenor und Alt spielen wir beide halbwegs gut bis ansatzweise mittelübel.

Seit Scheibbs treffen wir uns zwei-, dreimal im Monat – Corona hin, Corona her – zum Hausmusizieren. Üblicherweise bei mir zu Hause, denn Max ist verheiratet und will seiner Frau *keine akustischen Belastungen zumuten.* Ja, er ist seit sechsunddreißig Jahren mit dieser Hochzeitsmessen-Johanna verheiratet, und als *realkabarettistisch-paartherapeutische Aktion* haben sich die beiden bei *Partnerlook* eingeschrieben. Mir könne er es ja verraten, wir seien schon aus Altersgründen keine potenziellen Konkurrenten. Außerdem sei es ja nicht ausdrücklich verboten, im verheirateten Zustand ein Partnervermittlungsinstitut zu konsultieren. Es koste immerhin einiges. Viel zu viel eigentlich, denn der Tolbuchin sei ein Windbeutel und dieser Therapeut Striegel ein an Zwangswischophonie leidender Phrasen dreschender Hohlkopf.

Nicht dass ich mir das nicht auch schon gedacht hätte. Und dass alles für die Katz ist. Sowieso ist die Inanspruchnahme der Dienste einer Partnervermittlung ein Dekadenzsymptom. Auf dem gleichen Niveau wie die Ausgaben für Kosmetika, Facelifting, Botox oder Lotteriescheine. Manchmal komme ich mir vor wie einer, der zu den Huren geht. Wer dafür bezahlen muss, eine Partnerin zu finden, ist gehemmt, verklemmt, verschüchtert oder stinkfaul. Ein Versager im Zwischenmenschlichen, aber finanziell abgesichert. Eigentlich habe ich mir ja durch zwei gescheiterte Ehen und mehrere in die Binsen gegangene Beziehungen im ausreichenden Maß bewiesen, dass ich kein Partnerlooking benötige. Vielleicht war es der Reiz des Unbekannten, der mich angezogen hat, nebst der Vorstellung, es würde im Dunstkreis eines derartigen Instituts von eligiblen Frauen wimmeln. Jetzt bin ich froh, dass Partnerlook eingegangen ist, und betrachte das Geld, das ich denen in den Rachen geschoben habe, als Deppensteuer. Ein bisschen so, als hätte ich mich von einem Internet-Investmentberater hineinlegen lassen. Wenigstens dürfte ich einen Freund gefunden haben. Wir spielen Besozzi, Fasch, Telemann, Händel und natürlich Bach.

Mit dem musikerziehenden Kollegen an meiner Schule habe ich leider noch nie etwas anfangen können. Der rennt mit einer Elektrogitarre herum und gefällt sich als Jugendlichen-Versteher. Macht mit seinen Klassen hauptsächlich Musicals, Popgestampf und Ö3-Gedudel, damit sie sich nicht in der Sechsten für die bildhübsche Bildnerische Erzieherin entscheiden. Es gibt ja noch immer diesen idiotischen Entscheidungszwang. Da könnte man genauso gut zwischen Physik und Chemie wählen lassen oder zwischen Turnen und Kochen.

Eine Schule wäre ja theoretisch ein beinahe ideales Partnersuche-Umfeld. Ist sie aber nicht. Anscheinend fällt es schwer, die Kolleginnen beziehungsweise Kollegen, mit denen man im Panoptikum

Schule so gut wie jeden Tag zu tun hat, noch attraktiv zu finden. Wohl weil einen der Schulbetrieb immer wieder zu Lächerlichem nötigt: Konferenzen mit Verhaltensnotendiskussionen erleiden, Prüfungsfragen stellen, also Fragen, bei denen man die Antwort ohnedies kennt, direktorale Monologe, Ministerialerlässe und Inspektoratsgetue über sich ergehen lassen. Die Arbeit im Klassenzimmer mache ich ja noch immer sehr gern, aber all das Rundherum geht mir fürchterlich auf die Nerven.

Der professó sagt, dass es ihm genauso gegangen ist, als er am Gymnasium unterrichtet hat. Darum hat er geschaut, dass er an die Uni kommt.

Aber glaub nicht, dass es dort so viel anders ist. Auch an der Alma Mater regiert König Firlefanz. Du hast nur bessere Rückzugsmöglichkeiten.

Bei Partnerlook hätte er wohl am ehesten seine Frau angebaggert. Insofern sei das Partnerlookspiel quasi eine Lebensplanbestätigung gewesen.

Für mich wären von der Encounter Group altersmäßig ohnedies nur diese Richterin Vanessa Vogler, die unfreiwillig komische Idealrepräsentantin der Hilfsarbeiterklasse Bianca Kern und dieses völlig verklemmt wirkende Bürogewächs Karoline Kvetina in Frage gekommen, die sich *Kwetiiina* ausspricht. Der profesó, der ein bisschen Tschechisch kann, sagt, es heißt in Wahrheit *květina* mit Hatschek, gesprochen *kwjätina*, und das sei ein sehr schöner Name, nämlich *Blume*. Die auf kakanischem Hochmut beruhende Ignoranz in Bezug auf alles Slawische sei ein in Wien weit verbreitetes Phänomen. Dieser adipöse Ungustl Mick nenne sich ja auch *Schmelar* statt Chmelař, also Hopfenbauer. Ja, manch einer, der einst in Kakanien was werden wollte, war eben bemüht, seine tschechische oder slowakische Herkunft zu vertuschen. Daraus, so Max, hätten sich so blöde Fehlartikulationen wie *Pribil*, *Holubar* oder *Tseman* entwickelt, dabei heiße doch etwa Zeman immerhin „Landedelmann", *Tseman* hingegen absolut gar nichts.

Wie dem auch sei, mit den drei altersgerechten Damen habe ich leider wenig anfangen können. Das Low-Society-Original Bianca passt wundervoll zu dem Karawankenprolo Arni, der noch dazu *Dullnig* heißt, was jeden Engländer entzücken würde. Das Büroblümchen dürfte trotz seiner fünfundvierzig Frühlinge noch Jungfer sein und könnte trotzdem an jeder Amateurbühne ex tempore die komische Alte spielen. Die einzig eligible Frau Doktor Vanessa Vogler dürfte zu Partnerlook gegangen sein, um sich ihrer Abneigung gegen Männer zu vergewissern. Da kann man nichts machen, schade. Sie hat einmal in der Gruppe den Begriff *toxische Männlichkeit* verwendet. Seither schreibt ihr der hochgradig selbstverliebte Poet Anwander *toxische Weiblichkeit* zu. Er hat überhaupt einen Emanzenkomplex und scheint Feminismus für eine ansteckende Krankheit zu halten. Nicht dass es toxische Weiblichkeit nicht gäbe. Sie offenbart sich an jenen Frauen, die schon im frühen Mädchenalter mit dem Zickenvirus infiziert worden sind: stets schön sein wollende Kosmetikajunkies, die bei jeder Gelegenheit Geseufze, Gekicher und Gequietsche emanieren, unter leisen Schreien an ihrem Smartphone herumrubbeln, zwei Linke haben, an mehreren eingebildeten Krankheiten leiden und notfalls in Ohnmacht fallen.

Auch keine der beiden älteren Damen hat mein Interesse oder gar Begehren erweckt. Beide wischen andauernd an ihren Smartphones herum, wenn sie diese nicht gerade als Fotoapparat verwenden, um für ihre Zeitlupen-Schnappschüsse Facebook-Likes zu lukrieren. Die per Haartönung und Gesichtsmaskerade künstlich verjüngte Hochzeits-Eventmanagerin ist – wie ich nun weiß – ohnedies verheiratet und die Frau Doktor med. Kramreiter scheint an einer nymphomanisch-depressiven Gemütsstörung zu leiden. Immerhin hat sie ihre E-Mail-

und WhatsApp-unterstützten Annäherungsversuche bald aufgegeben. Intelligent und *Dings* ist sie ja *ehrlich* gesagt, um in ihren Worten zu sprechen.

Ich habe genug von der institutionalisierten Partnersuche. Die unvermittelte Realität ist mir letztlich doch lieber. Zudem sind meine Erfahrungen mit dem Alleinsein keineswegs durchgehend negativ.

VANESSA

Vae, Partnerlook! Das matchmaker business liegt brach. Wir leben seit Anfang November je nachdem im harten oder weichen Lockdownmodus, haben gelernt, ohne Weihnachtsmarktwirtschaft samt Punschumnebelung, ohne legalen Schiurlaub, ohne Theater-, Opern-, Konzert- oder Museumsbesuch, ohne Gastronomie und Hotellerie und auch ohne das Partner- und Illusionsvermittlungsinstitut Partnerlook zu existieren. Die Heruntergefahrenheit unseres Landes geht in seine Heruntergekommenheit über. Phasenweise wird an Schulen und Universitäten nur noch online gelehrt und gelesen, was die geistige Verkümmerung unseres Nachwuchses fördert, der ohnedies chronisch am *Morbus Retis* erkrankt ist. Man geht online auf Einkaufsbummel und ergibt sich dem Kaufrausch bei Amazon, mietet oder vermietet illegal Feriendomizile, erfindet Zweitwohnsitze und berufliche Verpflichtungen, um ein wenig herumzukommen. Man potenziert verschwörungstheoretische Hirngespinste, verabredet sich zum einschlägigen Demonstrieren oder mobbt ein Mädchen in den Selbstmord, weil man es analog nicht ins Bett gebracht hat.

In unserem Land wird getestet, getestet, getestet und im Fernsehen geimpft, geimpft, geimpft, ohne dass die Durchimpfungsrate wenigstens die Zehnprozentmarke erreicht hätte. Vergeblicher Inokulationsaktionismus. Kein Wunder, hat doch unsere selbstgefälligkeitstrunkene Regierung im Namen der Staatsbürger auf ein paar Millionen Dosen Impfstoff verzichtet. Vermutlich im Zusammenwirken von Sparsamkeit und Inkompetenz. Nun schiebt man der Europäischen Union und ein paar beamteten Sesselwärmern die Schuld daran in die Schuhe. Und jetzt steht auch noch Astra Zeneca im Verdacht, Thrombosen hervorzurufen. Schon zuvor hatte die britisch-schwedische

Impfstoff-Schicksalsgemeinschaft von ihrem Zeug zu wenig und unpünktlich geliefert.

Kein Wunder, dass unsere Regierung im Begriff ist, ihre durch die Pandemie zur Akme gelangte Popularität wieder einzubüßen. Es ist die Regierung eines stimmlich pueril, körpersprachlich jedoch ziemlich gealtert wirkenden Großmütterlieblings, der wie ein Ministrant wirkt, der Papst werden will. In der Öffentlichkeit wappnet er sich mit streberhaftem Ernst, beim Chatten mit ähnlichaltrigen Weggefährten regrediert er auf seine hochpubertäre Geilomobilphase und wirft mit *Coolness* suggerierenden Jugendmodephrasen um sich. Als Studienabbrecher der Rechtswissenschaften fühlt er sich bemüßigt, Verfassungsjurist*innen und Höchstrichter*innen juridische Belehrungen zuteilwerden zu lassen und gemeinsam mit seinen Freunderln die Jurisprudenz eigenen politischen Bedürfnissen anzupassen.

Nachdem seine Koalition mit der nationalen Heimatpartei kein richtiges Erfolgsmodell war, hat der Kanzlerjüngling, der das Land anscheinend zu einem autoritären Rechts-Staat à la Polen, Ungarn, Bulgarien oder Russland umfunktionieren will, ein neues willfähriges Team um sich versammelt. Dem gehören so beeindruckende Figuren wie der Finanzminister an, der schon einmal ein paar Nullen übersieht und angesichts einer Hausdurchsuchung durch die Wirtschafts- und Korruptionsstaatsanwaltschaft seinen Laptop im Kinderwagerl spazieren fahren lässt. Oder eine Arbeitsministerin und plagiierende Übersetzungsprogramm-Nutzerin mit Dottoressa-Bratislava-Diplom, die – geboren, aufgewachsen und sozialisiert in Österreich – entweder nicht ordentlich Deutsch kann oder ihren Übersetzungsprogramm-Schwachsinn nicht gelesen hat. Oder eine Wirtschaftsministerin, die sich als Internetplattform-Erfinderin und Millionenverlust-Verursacherin profiliert, weil sie Amazon die Stirn bieten wollte. Oder der innenministerliche Rhetoriktrainer mit S-Sprachfehler, der notfalls in Österreich geborene Kinder abschieben lässt, während sein Ressort mit der Terrorbekämpfung überfordert ist. Dazu kommen die wenig couragierten grünen Koalitionspartner*innen, die sich so leicht wie nur möglich machen, wenn man sie wieder einmal über den Tisch zieht.

Und was gibt es sonst noch in der Heimat großer Söhne? Coronaleugner, rechtsradikale Freiheitsverteidiger und chronische Verschwörungshypochonder, die verbissen gegen die Viraldiktatur demonstrieren. Ihr Anführer ist dieser klein geratene Großsprecher und nationalkärnterische Rudelrüde – bis vor Kurzem Kurzkoalitionär –, eine Promenadenmischung, die sich regelmäßig rituell in Rage kläfft, um sich am bierbegeisterten Gegröle der demaskierten Zuhörerschaft zu ergötzen.

All das gilt es zu ertragen, wenn man nicht auswandern will. Der einzige Lichtblick der letzten Zeit ergab sich woanders: Immerhin hat der für Unterbelichtete vorbildtaugliche Donald Trump die amerikanische Präsidentenwahl verloren. Dabei war dieses vulgäre Großmaul ein zeitgeistgemäßes Staatsoberhaupt, beispielgebend für so manchen: ein höchstens halbgebildeter, fremdsprachen- und kulturunkundiger Primitivlügner und Twittertyrann, stets in lächerlicher Aufmachung und mit übergewichtigem Imponiergehabe seinen Verschwörungsschwachsinn ausscheidend. Ein Idiotenidol par excellence. Die überwiegende Mehrheit der Gattung Homo sapiens masculinum liebt derlei kulturfremde Machtmänner. Pressefreiheit und Menschenrechte sind diesen Heerscharen der Massendummheit ebenso gleichgültig wie Bildung, Intelligenz oder auch nur Anstand. Und diese pandemisch auftretenden Idiotenidole sind ausnahmslos männlichen Geschlechts. Männlich wie Jahwe, Zebaoth, Manitu und Allah, männlich wie der Papst, Putin, Al Capone und Sylvester Stallone.

Überhaupt macht die westliche Welt einen bald rabiaten, bald geschniegelten Wiedervermännlichungsprozess durch, bei dem die Coronapandemie sehr hilfreich ist. Es sind hauptsächlich Frauen, die die Folgen des Infektionsgeschehens ausbaden müssen: Die Zahl der pandemiebedingten Arbeitslosen weiblichen Geschlechts ist deutlich höher als jene des männlichen. Die Schwerstarbeit von *Homeoffice* plus Kinderbetreuung wird im Allgemeinen von Frauen erledigt. Auf dem Sektor des unbezahlten Arbeitsmarktes gibt es weibliche Vollbeschäftigung.

Im Lauf der letzten hundert Jahre haben Frauenbewegungen ja wohl einiges erreicht: aktives und passives Wahlrecht, das Recht auf Berufsausübung, ohne den Ehegatten um Erlaubnis bitten zu müssen, Legalisierung des Schwangerschaftsabbruchs et cetera. Längst gibt es Akademikerinnen, Generaldirektorinnen, Polizistinnen, Buschauffeusen, Regierungschefinnen, Pilotinnen und Soldatinnen (wobei ich bei Letzteren nicht sicher bin, ob ich ihre Existenz als Errungenschaft ansehen soll). Zwar verdienen Frauen auch nach bereinigtem *Gender-Pay-Gap* bei vergleichbarer Tätigkeit und gleicher Qualifikation um sieben Prozent weniger als Männer, allerdings im gebietskörperschaftlichen Behördenbereich genauso viel (jetzt einmal abgesehen von elternkarenzbedingten Einbußen, die sich vor allem in der Pension negativ auswirken). Aber im Großen und Ganzen haben die Frauen stark aufgeholt, vorausgesetzt sie liefern sich nicht existenziell und finanziell einem Gattengeschöpf aus.

Anscheinend kann das nicht so weitergehen, da könnte ja eine jede kommen. Rechte Männer sammeln sich zunehmend im rechtslastig-reaktionären Spektrum und durch die geistige Handlangerei einer erklecklichen Menge von Frauen, denen man anderswann das Mutterkreuz verliehen hätte, werden Kotzbrocken vom Typus Trump, Putin,

Bolsonaro, Erdoğan, Orbán oder irgendeines Kaczyński-*Cliens* an die Macht gewählt. Dieses Mannsgesindel und seine speichelleckenden *gregales* ramponieren dann Menschenrechte, Presse- und Meinungsfreiheit, Parlamentarismus und Rechtsprechung. Unliebsame Richterinnen und Richter werden ihres Amtes enthoben, regierungskritische Medien verboten, Parlamentsabgeordnete zu Abstimmungsautomaten degradiert, Ausnahmezustände ausgerufen und Beschlüsse statt im Parlament per Dekret gefasst. Der adipöse Doppelkinnadonis Viktor Orbán tanzt in diesem Stil der EU seit Jahren auf der Nase herum, ohne dass ihn endlich jemand in seinen fetten Hintern treten würde. Freilich findet er Wahl für Wahl eine Masse männlicher Herdenhammel und eine Menge ihnen ergebener dümmlicher Weibchen, die ihm eine Mehrheit beschaffen.

Wie das österreichische Beispiel zeigt, gibt es neben dem Politmachismo mit dem Holzhammer auch die leisesohlige Variante: maßanzügliche Altweiberlieblinge im Spätstimmbruch, schnöselige Ministerlinge, die die Grundrechnungsarten nicht beherrschen, sendungsbewusste Rhetorikvirtuosen mit Sprachfehler.

Bruno Tolbuchin ist auch so eine Type, die verschlagene und nicht primär körperlich gewalttätige Variante des Machomännchens. Ein Schlurf des einundzwanzigsten Jahrhunderts, der das zu der ansonsten leptosomen Figur nicht passen wollende Bäuchlein durch Schneiderkunst kaschiert, brillantineimprägnierte Kopfhaare, die eine Glatze in statu nascendi umgeben, lange Koteletten, aufgeklebt wirkendes Schnurrbärtchen, souveräne Schleimerrhetorik mit viel Komplementsalivation. *Doktor* Bruno Tolbuchin. Ich habe mich entsprechend informiert. Man hat ja so seine Quellen. Nein, Tolbuchin ist nicht einmal ein Doktor Bratislava wie die eben zurückgetretene Arbeits-, Familien- und Jugendministerin des *mouvement turquoise.* Der gute

Mann ist wegen mehrerer Betrugs-, Fälschungs- und Unterschlagungsdelikte vorbestraft, die er teils im In-, teils im Ausland begangen hat. Partnerlook ist sozusagen nur ein weiteres Delikt. Beinahe wäre es mir zu blöd gewesen, Strafanzeige zu erstatten, aber ein bisschen Ordnung muss sein, Frau Rätin. Selbst wenn alles nach *heiterem Bezirksgericht* klingt. Wohin sich der Typ verzogen hat, ist unbekannt. Russland, die Malediven oder Dubai wären vorstellbar. Hauptsache die Anti-Corona-Maßnahmen sind liberal. Die Partnerinnen- und Partnersuche muss ohne sein ungegendertes Produkt weitergehen. Die angebliche Frau Tolbuchin ist strafgesetzmäßig aktenunkundig, allerdings ebenfalls verschollen. Möglicherweise heißt sie auch ganz anders. Oder sie ist als Clyde Tolbuchins Bonnie mit von der Partie.

Innerhalb der computergenerierten Encounter Group dürfte keine ehetaugliche Partnerschaft gestiftet worden sein, und nun ist der Stifter stiften gegangen, unverrichteter Verkupplungsdinge. Nicht einmal das Wienerisch-Kärntnerische Vorzeigeprolo-Pärchen ist in den Hafen der wilden oder zahmen Ehe eingelaufen, wie ich aus erster Hand weiß.

Seawas, Frau Londesrichtarin,

lautete der joviale Gruß des sanguinischen Homo carinthiensis,

wia hommas ollawäul?

Dank der Nachfrag', wo ist denn die treffliche Bianca?

Wegwerfende Handbewegung.

Ah wos, de is mit mein besten Spetzll obtschappiad, waaßt eh, oba hä, dos is ma blunzen.

Gratuliere.

I hob mei Ex-Ollte kontakchtiad, dos schaugt nit schlecht aus, wäul de is aa scho wieda Singll.

Mick „Schmelar", das selbsternannte Peniswunder, muss sich weiter in aufgezwungener Penetrations-Abstinenz üben oder zu Prostituierten gehen. Freilich ist der Herr momentan beschäftigungslos. Da heißt es *to make ends meet,* und die *ends* dürfen nicht allzu ambitioniert sein, sonst wird – um Shakespeare zu plagiieren – *the end of the beginning* zum *beginning of the end.* Der im Prinzip eligible Herr Lukas bleibt, scheint's, nach so viel Menschenkunde ganz gern allein. Dass er den absonderlichen Annäherungsversuchen der Paradetippmamsell widerstanden hat, nimmt nicht wunder. Auch Bertha setzt ihr Singledasein fort, unbeeindruckt von Peniswundern und *poetae laureati.* Die einzige Partner-Innenschaft, die sich ergeben hat, ist seit bald vierzig Jahren ohnedies ein Ehepaar. Seine ungewöhnliche Paartherapie war sicher ein Spaß, wenn auch ein teurer.

Ich gehe – was nicht wirklich zu erwarten stand – mit einem Zuwachs an Menschenkenntnis aus dem Partnerlook-Abenteuer hervor. Homo sapiens im organisierten Aufrissmodus ist für mich etwas völlig Neues gewesen. Selbst den Pseudodoktor Tolbuchin habe ich lange Zeit für so etwas wie einen wirkungs-, und damit auch harmlosen Schaumschläger gehalten. Man kann sich selbst nach mehreren hundert Prozessen und tausend verlogenen Zeugenaussagen noch ordentlich in seinen Mitmenschen täuschen. Es ist gut, diese Erfahrung gemacht zu haben.

OLIVER

Es ist schon erstaunlich, was bei diesem eigenartigen Verein alles geschehen und ausgeblieben ist. Da erweist sich dieser tanzlehrerhaft auftretende Berufskavalier als kleiner Betrüger mit erlogenem Doktortitel und sucht mitsamt seiner Buhlschaft das Weite. Man bleibt als vor sich selbst Blamierter zurück, ein argloses Opfer, das routiniert angeschmiert worden ist. Auch Therapeut Striegl hat sich verzogen, steht aber nach wie vor im Berufsregister. Womöglich ist auch er ein Hineingelegter. Dann wird es ihm wahrscheinlich noch viel peinlicher sein als meinereinem.

Dazu passend hat sich die Partnerinnensuche als fool's errand erwiesen. Die drei Damen, die altersmäßig zu einem gepasst hätten, haben eben nur altersmäßig zu einem gepasst: die eine von skurriler Virginität, eine Figur, die für einen Roman von Herzmanovsky-Orlando geeignet wäre; die andere eine keine Peinlichkeit scheuende Unterschichtschönheit, die dritte eine militante Feministin, die Männer als Gebrauchsgegenstände betrachtet. Der Mann als Ersatzvibrator, bei Bedarf aus der Schublade geholt und nach getaner Funktionserfüllung rückverstaut. Was sich gesunder maskuliner Lebendigkeit erfreut, wird gnadenlos als Macho, Narziss und Frauenfeind diffamiert und dazu auserkoren, für die mannigfaltigen Beziehungsenttäuschungen der strengen Richterin Sühne zu leisten. Seelische Frigidität tritt offenbar in vielerlei Gestalt auf: Die eben erlebte war jedenfalls eine neue Variante, Symbiose von Verführerin und Schwanz-ab-Aktivistin mit judikativem Anspruch.

Immerhin habe ich eine Menge Rohmaterial für mein literarisches Schaffen sammeln können. Das wird für einige Zeit und mehrere Publikationen reichen, da bin ich sicher. Man müsste das Recht haben, die Kosten für Partnerlook von der Einkommenssteuer abzuschreiben. Es hat sich ja letzten Endes um eine literarische Recherche gehandelt.

Ein nicht zu unterschätzender Benefit ist die zukünftige Kooperation mit Johannas Hochzeitsverlag. Verlag Jawort, Jawort-Verlag. Es klingt gar nicht so übel. Edition Jawort wäre vielleicht noch besser, weil da die Assoziation mit dem Heiraten weniger direkt ist. Auf jeden Fall habe ich einen neuen Verlag gefunden, mit wesentlich besseren Bedingungen als der alte, oder jene, bei denen ich auch schon unter Vertrag gewesen bin, wenn man das so nennen kann. Johanna sagt, sie habe schon immer gern Literatur verlegt, es habe sich aber nichts ergeben und sie sei auch ein bisschen saumselig gewesen.

Sie hat eines Tages erzählt, sie veröffentliche Jahr für Jahr ein Hochzeitsbuch und vier Zeitschriften über Jawort, und da habe ich sofort nachgehakt und sie gefragt, ob sie auch Interesse an literarischer Publikation habe. Wir sind sehr schnell einig gewesen. Schon mein nächstes Buch wird bei Jawort erscheinen und ich kann laut Johanna regelmäßig bei Jawort weiterpublizieren. Für einen Autor ist das geradezu ideal, die Suche nach einem Verlag ist ja nichts Angenehmes. Man kommt sich manchmal vor wie ein verschmähter Freier, wenn es heißt *Ihr Text passt leider nicht zu unserer Verlagslinie* oder *Im Augenblick sind wir vollkommen überlastet und müssen erst unseren Rückstau aufarbeiten.* Und man weiß genau, die haben den Text nicht einmal ansatzweise gelesen. Viele Autoren kommen ausschließlich durch Protektion zu einer Veröffentlichung. Hat man dann allen Widerständen zum Trotz einen Verleger gefunden, passiert es nur allzu oft, dass kein ordentlicher Vertrieb vorhanden ist und so gut wie keine Werbung oder Pressearbeit stattfindet. Und dann war die erste Publikation auch gleich die letzte. Eine solche Phase hat fast jeder von uns einmal durchgemacht.

Mit dem Engagement bei Jawort im Rücken kann ich mich auch verstärkt um den Aufbau eines effizienten Autorenservice zur Förderung der Literatur in unserem Land widmen. Es gilt so viele Subventionsmöglichkeiten auszuloten und diese so gut zu nutzen, wie man nur kann. Die öffentliche Hand hat die Pflicht, Kultur und Literatur zu fördern, und da geht es nicht nur um die Staatsoper, das Burgtheater und den Bachmannpreis. Das muss man einigen Kulturpolitikern erst richtig klarmachen, vor allem in diesen unseligen Coronazeiten, in denen ja Kulturschaffen drauf und dran ist, zum privaten Steckenpferd herabgestuft zu werden.

Johanna hat mir zugesichert, dass bei Jawort mit der Zeit auch andere Autorinnen und Autoren herauskommen werden. Darauf lege ich Wert, da geht es um den guten Ruf des Verlags, der ja keine persönliche Spielwiese für Oliver Anwander sein soll. Johanna Opitz ist eine tatkräftige und temperamentvolle Dame, die mit Sicherheit einiges bewegen kann. Auch ihr Ehemann sagt, dass das, was wir vorhaben, *direkt interessant* klingt und er uns viel Glück wünscht. Freilich werde ich den Eindruck nicht los, dass ihm unser Projekt piepegal ist. Er sei, so er, bislang noch nicht dazu gekommen, eins meiner Bücher zu lesen. Von der Gruppe haben wenigstens Johanna drei und Lukas, Karoline und Tolbuchin – ja, ausgerechnet er! – je ein Buch von mir gekauft.

Summa summarum kann ich durchaus sagen, dass sich der Partnerlook-Verein für mich ja doch irgendwie gelohnt hat, wenn auch nicht in der erwarteten Weise.

HANNI

Geheiratet wird immer, weißt du, sogar in Zeiten von Corona. Natürlich hab' ich die Pandemie ein bisserl gespürt, aber mein Gott, okee, machen wir die nächste Messe halt erst im April oder im Mai, oder auch der Juni geht noch. Nur später wär' nicht so gut, da täten wir in den Herbst hineinkommen, genau, und zwischendurch wär' tote Hose. Andererseits sind die Auftragsbücher eh total voll. Wir werden einen ordentlichen Rückstau abarbeiten müssen. Wer weiß, ob dann nicht sogar zu Weihnachten geheiratet wird. Die Brautleute schenken einander einander.

Und legen einander einander unter den Christbaum,

hat mein Göttergatte gesagt,

und sie können bei dir eine überdimensionale Krippe als Brautbett für die Hochzeitsnacht leasen. Ehelicher Initialkoitus bei Kerzenschein und Ihr Kinderlein kommet.

Genau, kirchliche Trauung bei der Mitternachtsmette wär' doch auch was,

hab' ich weitergeblödelt,

mit Stille Nacht vor der Hochzeitsnacht und so.

Okee, ist ja wahr, wer weiß, ob nicht was dran ist. Beim Blödeln kommen einem oft die besten Ideen, oder nicht? Mein ganzes Jawort ist die Frucht einer Blödelei. Ich bin nach meiner Sponsion erst ein paar Jahre bei Borealis und dann bis vierzig bei Henkel gewesen, weißt du? Die haben übrigens wegen Corona überhaupt nicht geblutet. Ganz im Gegenteil nämlich. Klebstoff, Beauty Care und Waschmittel gehen ja immer. Wer hat nicht schon mit Persil die Wäsche weißer als weiß gewaschen, mit Pattex Sekundenkleber irgendein zerbrochenes Porzellangeschirr zusammengepickt oder sich mit Polycolor die Haare gefärbt? Also, Henkel war eh absolut okee, es ist nur dann, wie ich mir eigentlich schon gedacht hab', also na ja, ein bisschen höher hinauf, also zumindest mit dem Gehalt ... das wäre ja nicht unverdient und so, du weißt schon ... aber als Frau natürlich ... das ist ja immer ... wie soll ich sagen ... Was hab' ich sagen wollen?

Ah ja, genau, also ich hab' mich damals schon länger total verändern wollen, weißt du, weil immer das Gleiche machen wird mit der Zeit einfach fad. Obwohl die Kollegen eh ganz okee waren – das ist jetzt nicht ungegendert, sondern ich bin in echt die einzige Frau in den höheren Geschossen gewesen. Und da sind wir damals zusammengesessen mit ein paar Freunden beim Heurigen, der Max war auch dabei, und ich hab' gesagt, ich tät' gern in diesem Leben noch einmal was Anderes machen als wie Marketing für Pattex, Persil und Polycolor. Am liebsten mit einer eigenen Firma, oder nicht? Da haben wir so herumgeblödelt, welche Produkte sich garantiert immer verkaufen werden und wo vielleicht eine Nische ist, in die man hineingehen kann. Und da hat der Wilfried – genau, der, der was uns auf die Partnerlookidee gebracht hat –, der hat also gesagt: Die Geburt, die Liebe und das Sterben gehen immer. Er hat es genau so gesagt und da hat meine alte Freundin, die Gundi, gesagt, bei der Geburt kennt sie sich weniger aus und beim Sterben will sie sich gar nicht auskennen, aber bei der Liebe, da geht garantiert total viel: von der Partnervermittlung übers Heiraten bis zum Puff. Und ich sag': Was willst du beim Heiraten machen? Das Standesamt, die Kirche und das Lokal für die Tafel und dann sind wir fertig, oder nicht?

Und dann sagt dem Max sein Trauzeuge, der Osttiroler, der Hansjörg, weißt du, mit dem was er immer in die Berge gegangen ist, bevor der gestorben ist, viel zu früh, das hat den Max richtig getroffen ... und hab' ich dir erzählt, wie die am Großvenediger beinah draufgegangen wären ... genau, und ... Wo war ich stehen geblieben? Ah ja, der Hansjörg, der sagt also was von Hochzeitskeideln und Anzüge designen und Tafel und Musik aussuchen und weiß Gott dem ganzen Brimborium rundherum, das müsste man den präsumtiven Brautleuten als Pauschalarrangement anbieten, das wär' doch was. Und nicht zu vergessen wo man die Flitterwochen verbringt, hat die Gundi gesagt; und eigentlich haben wir dort – beim Pfarrerheurigen in Dornbach – schon das ganze Jawortprogramm entwickelt. Ich hab' mich natürlich noch wegen dem Knowhow so herumgehört von wegen ob es sowas bei uns schon gibt, respektive woanders, zum Beispiel in Deutschland oder in Italien oder natürlich in Amerika. Es hat schon wedding agencies in London und New York und L.A. und Hongkong gegeben, und zwei oder drei in Deutschland. Nur in Österreich noch keine. Genau, das ist erst in den Nullerjahren so richtig aufgekommen und da war ich eine Pionierin. Jetzt gibt es sogar schon Dissertationen über HochzeitplanerInnen in Österreich, und zwar auf der sozialwissenschaftlichen Fakultät, weißt du?

Das Gute am wedding planning business ist, dass du dafür kein Berufsabschlusszeugnis oder sonst irgendeinen schrägen Befähigungsnachweis brauchst, also wie in der Politik, oder nicht? Nur ohne Protektion und Verhaberung. Du kannst ganz einfach loslegen, wenn du ein Grundkapital und ein Talent für Event Management hast, weißt du? Ich mein', du solltest logisch denken können, no na, und gut mit Kunden umgehen sowieso, ein Gefühl für Stil und Präsentation haben, souverän im Kommunizieren sein, eine gute Netzwerkerin – also nicht nur rund um den eigenen Kirchturm –, ja, und vom Kaufmännischen musst du natürlich auch was verstehen, weil sonst machst du unter Garantie eine totale Bauchlandung. Also soooo einfach ist das alles auch wieder nicht, wie sich das viele vorstellen, die was glauben, ich krieg' mein Geld geschenkt so auf mein schönes Gesicht hin.

Aber ja, das Allerschönste ist, dass ich trotz allem eigentlich nur bei den Messen so richtig hineinhackeln muss, alles andere ist netzwerklich so solid aufgebaut, dass ich das meiste online erledige, weißt du? Das mach' ich nicht erst seit Corona. Na freilich gibt es zwischenbei und nebendurch persönliche Kontakte, aber bei sowas hab' ich mich noch nie überanstrengt, Kontakte sind meine Stärke, da bleib' ich absolut locker, weißt du? Ich kann sagen, dass ich mit meinem Jawort im Grund eine relativ ruhige Kugel schieb', auch wenn mir das fast niemand glaubt. Klar sind die Lockdowns nicht lustig, aber geblutet hab' ich deswegen nicht. Also no blood, sweat and tears, und ich kann das auch noch bis siebzig machen, wenn es mich freut. Und ich glaub', das freut mich noch lang. Das wird ja nie langweilig, auch weil die wedding fashion immer wieder total anders wird, genauso wie was sich die Paare so vorstellen, wie man aus einer Hochzeit einen totalen Kracher macht, ein Superevent, weißt du? Denn primär geht's ja genau darum, um ein Superevent, oder nicht? Etwas, das du dein Leben lang nicht vergisst, sogar dann nicht, wenn die Ehe längst den Bach hinunter ist.

Jetzt hab' ich, weil ich eben von Zeit zu Zeit gern einmal was Neues mach', den Olli Anwander unter meine Fittiche genommen. Nein, es ist keine Affäre oder sowas, far from it, weil, bitte, ich wär' ein bisserl gar alt für den Burschen. Ich mein', ich kann seine erotische Ausstrahlung total begreifen oder nachempfinden, aber so, wie der Max sagt, dass es der Kant so ungefähr sagt: als begierdelose Freude an der reinen Form. Ich glaub' nicht einmal, dass ich mich in ihn verlieben würde, wenn ich zwanzig Jahre jünger wär'. Solche geschniegelten Typen waren noch nie mein Fall. Der Oliver könnte vom Alter her mein Sohn sein und es ist vielleicht, weil ich selber keine Kinder hab', dass ich ihn da so quasi beschütze und, wenn man will, bemuttere.

Also um das hab' ich meinen Mann schon immer ein bisserl beneidet, nämlich dass er eine Tochter hat aus der ersten Ehe, aber die hat er seit Jahren nicht gesehen, die ist in Kanada verheiratet und die schreiben sich grad einmal zu Weihnachten und zum Geburtstag. Die ist jetzt ja auch schon über vierzig und ihre Kinder sind achtzehn und neunzehn und die haben ihren Großvater überhaupt noch nie gesehen außer vielleicht auf Fotos, und die sind garantiert total out of date ... also aus dem Jahr Schnee und voll unaktuell. Weil wer macht heut noch Fotos, also solche auf Papier mein' ich, die du dir dann in ein Album pickst oder im Portemonnaie herumträgst? Fotos machst du heutzutage mit dem Smartphone und stellst es auf WhatsApp oder sowas.

Der Max sagt Wischophon zum Smartphone und behauptet, es ist ein Verblödungsgerät, weil die Leute andauernd nur mehr darauf herumwischen und -tupfen, wenn sie zum Beispiel im Caféhaus sitzen, und dann machen sie so blöde Selfies und schicken sie herum und kriegen Likes mit Emojis und Smilies und so. Und ein Navi ist das Smartphone auch noch, damit ja keiner mehr Landkarten lesen und den Norden vom Süden unterscheiden kann. Er hat selber gar kein Smartphone, damit er nicht auch so ein total Gestörter wird, sagt er. Jedenfalls sieht er seine Tochter nie und hat keine Ahnung, wie sie oder seine Enkel ausschauen. Außerdem weigert sich der Max, dass er einen Überseeflug macht, er sagt, das ganze Affentheater auf einem Flughafen geht ihm total auf den Geist und länger als wie zwei Stunden hält er es in so einem fliegenden Gefängnis nicht aus. Außerdem, glaub' ich, ist seine Tochter genauso nicht neugierig auf ihn wie seine Ex, weißt du, und das war eine Jugenddummheit, diese erste Ehe, und die Ex ist ihm davongelaufen, wie seine Tochter in den Kindergarten gekommen ist. Mit so einem alternativen Körndelfresser ist sie abgepascht und hinüber über den Großen Teich und der Max hat dann halt brav seine Alimente gezahlt und eine Zeitlang noch Weihnachts- und Geburtstagsglückwünsche geschickt und basta così.

Gut, find' ich schade, dass er gar keinen Kontakt mit seiner Tochter und seinen Enkeln hat, aber what shalls. Und ich hab jetzt so eine Art Adoptivsohn mit dem Olli Anwander und wer weiß, vielleicht wird er ja noch ein Erfolgsautor bei meinem Jawortverlag, seine Sachen sind ja eh total interessant und voll gut geschrieben. Ich werd probieren, ihm die Kontakte einfädeln, und da muss ich mich ein bisserl umschauen in der Szene, dass ich mich dann ein bisserl auskenn', wie das so ist mit der Schreiberei und ihrer Vermarktung. Kann ja keine Hexerei sein, das krieg' ich schon hin, oder nicht?

Also das Partnerlook-Ding hat so gesehen nicht nichts gebracht; und außerdem streiten der Max und ich jetzt auch weniger, und was will man mehr?

MAX

Es war während der Zeit im Bild. Der nasal quäkende Moderator hat gerade die neueste Impfstatistik verlesen. Wir in der Couch-Potato-Position, rückgrathinterpolstert, Beine ausgestreckt, Weinglas in Reichweite: meins am Bücherregal, Hannis auf dem Blumentisch. Und es ward Finsternis.

Auweia, Kurzschluss,

sagte Hanni,

Stromausfall

ich.

Mit einer derartigen Finsternis kann Homo sapiens schon lange nichts mehr anfangen. Nachtblind, eingeschränkter Tastsinn, vom Menschheitskrach beschädigtes Gehör, verwöhnt vom allzeit bereiten Kunstlicht. Hanni wusste nicht, wo sie ihr Smartphone hingelegt hatte. Der Versuch, quasi das Wischophon anzurufen, brachte nichts ein.

Wahrscheinlich im Auto vergessen, weißt du,

so Hanni, und dann:

Weil du auch noch immer mit deinem komischen Pensionistenhandy herumrennen musst.

Nach Kopfanschlagung und Fingereinzwickung endlich eine Taschenlampe in der von Hanni vermuteten Küchenlade gefunden. Und es ward Lichtlein. Mit dessen geringfügiger Hilfe in der sogenannten Werkstatt – dieser klosettgroßen Kabine am Gang – zwei Kerzen erstöbert.

Romantisch,

sagte Hanni,

schenk mir nach. Was tun wir jetzt?

Warten, bis es wieder hell wird.

Passenderweise begannen wir einander von den interessantesten Stromausfällen unseres Lebens zu erzählen. Jener Hannis spielte in einem Frankfurter Nobelrestaurant während der Zusammenkunft einer geschlossenen Extrazimmergesellschaft von Heiratsplanerinnen und -planern, als gerade der Nachtisch – am Tisch flambierte Bananen auf Vanilleeis in Erdbeersauce – gereicht wurde.

An zwei Tischen hat es schon geflackert,

sagte Hanni,

und die, die dort gesessen sind, haben einen kurzen Lichtvorteil gehabt. Es haben aber eh gleich die *praktischen Smartphones* aufgeleuchtet und es sind ein paar Dutzend Kerzen angezündet worden. Nach zwanzig Minuten war der Strom wieder da und alles paletti. Aber einen Lichtausfall beim Flambieren find' ich irgendwie total cool.

Meine Stromstörung begab sich während einer Vorlesung über die althochdeutsche Lautverschiebung. Ich war gerade bei der Hypothese von Julius Pokorny: Um 500 nach habe es einen Klimasturz gegeben und infolge der klirrenden Kälte hätten die Leute im Alpenraum beim Artikulieren kaum noch ihre Mäuler aufgemacht und deswegen deutlich stärker aspirieren müssen, um verstanden zu werden. Auf diese Art wurden zum Beispiel die stimmlosen Plosive p, t und k im Anlaut und im Inlaut nach den Sonoranten (m), (n), (l) und (r) zu Affrikaten à la pf, ts oder k, und so hat sich halt das Schipp langsam zum Schiff entwickelt und das tellen sich zum zählen. Im Hörsaal war's mit einem Mal stockfinster, aber die Smartphones sind sehr *praktisch* als Taschenlamperln. Kaum hatte ich mein Publikum nach Hause geschickt, ist auch schon wieder das Elektrolicht angegangen.

Bei Hanni und mir war auch nach zwei Stunden noch nichts angegangen. Wir hatten eine Flasche Bordeaux geleert und Themen wie die Urgroß-, Groß- und Kleineltern, unsere Kindheit im Kindergarten und in der Volksschule, die Vor- und Nachteile von Homeoffice, online teaching und Astra Zeneca behandelt. Hannis Smartphone hat jetzt zwar noch als Taschenlampe funktioniert, jedoch nicht mehr als Telefon. Zu dieser Zeit hätte angeblich der Rundfunk notaggregatbetrieben noch um sich gefunkt, für uns freilich unhörbar, gibt es doch kein Batterieradio in unserer Wohnung. Blick durchs Fenster: Finsternis auf den Straßen, spärliches Smartphone-, Taschenlampen- und Wachskerzengefunzel hinter so manchem Fenster.

Natürlich fährt da auch keine Tramway,

konstatierte meine Gemahlin.

Als der Spülkasten am Klosett nichts mehr von sich gab, weil er leer war und aus den Wasserhähnen auch nichts mehr herauskam, begannen wir zu ahnen, dass wir es mitten im gelockerten Lockdown mit einem spätwinterlichen Blackout zu tun hatten. Hanni wollte ihren vorderhand noch akkubetriebenen Laptop in Betrieb nehmen:

O weh, kein WELAN!

Als Schreibmaschine taugt er noch,

versuchte ich meiner Frau Trost zu spenden, musste ihn aber gleich wieder schmälern:

Die Bankomaten, Registrierkassen und Tankstellen funktionieren wahrscheinlich auch nicht.

Themenwechsel: die Essens- und Trinkvorräte, die wir zur Verfügung hatten.

Zirka fünfzig Flaschen Rotwein, drei Flaschen Mineralwasser, ein paar Flaschen Bier, Radler und Apfelsaft.

Ein paar Konserven, etwas Schinken und Käse, ein halber Wecken Vollkornbrot, ein paar Eier, Erdäpfel, Paradeiser, grüner Salat, Zwiebel, Knoblauch, Mehl, Zucker, Honig, Butter, Gewürze, gut hundert Einsiedegläser voll Marmelade.

Eine Tiefkühltruhe voll Fleisch, Fisch, Brot und Gebäck.

Das müssen wir verdammt schnell aufessen, sonst wird's hin,

so ich.

Und wie halten wir's mit der Verrichtung unserer Notdürfte?

wollte Hanni wissen,

ich muss nämlich demnächst …

Da war guter Rat nicht einmal teuer, sondern einfach nicht zu haben. Gottlob gibt es in unserem geräumigen Hintergarten einen Komposthaufen, wie meiner lebenspraktischen Ehefrau rechtzeitig einfiel. Dass sich unsere Wohnung im ersten Stock befindet, erwies sich wieder einmal als äußerst vorteilhaft. (Später haben wir das hausallgemeine Problem mit der Requirierung von Donaukanal- und Alte-Donau-Wasser gelindert. Nunmehr weiß ich, dass man im Internet normalerweise Klosäcke aus Plastik kaufen kann – freilich nicht im Blackout.)

Aber vielleicht ist morgen ohnedies schon wieder alles paletti, so Hanni nach gemeinsamem Komposthaufenbesuch,

wie kochen wir denn?

Wird nicht gehen. Elektroherd. (Ich.)

Aber die Gasmulde. (Hanni.)

Fraglich, ob Gas in den Rohren ist. Wird wohl elektrisch hergepumpt und die Gaswerke sind genauso black-geoutet wie wir. (Ich.)

Erprobung per Streichholz: kein Gas. So nebenbei wurde es langsam kühl in unserer Wohnung, denn natürlich war auch die Heizung außer Betrieb.

Nach der zweiten Flasche Rotwein – diesmal ein apulischer Appassimento – beschlossen wir, den Nachttopf in Reichweite, in möglichst warmer und dennoch bettgerechter Kleidung schlafen zu gehen. Trotz einer gewissen Alkoholisiertheit gelang es uns lange nicht, einzuschlafen. Eng aneinandergeschmiegt versuchten wir eine Strategie für die nahe Zukunft zu entwerfen.

Wir leben in einer sogenannten Hausgemeinschaft, einer Gruppe von nunmehr zwölf Personen, die vor dreißig Jahren zwei zweistöckige Biedermeierhäuser auf der Basis einer großzügigen Förderung durch die Gemeinde Wien restauriert haben. Man kennt einander ganz gut und vor allem schon sehr lange. Unser fünfhundert Quadratmeter großer Garten – drei Kirschbäume, zwei Birken, ein paar Gemüsebeete, eine ungenützte Sportfläche – mochte uns jetzt (abgesehen vom Komposthaufen) besonders zugutekommen, jahreszeitlich bedingt freilich leider nicht in gemüse- oder obstbezogener Weise.

Wir können alle unser Fleisch grillen und essen, bevor es zu stinken anfängt. (Hanni.)

Gibt es noch Grillkohle? (Ich.)

Falls nicht, irgendwo kaufen, wo sie keine Registrierkasse haben. Oder fladern. (Hanni.)

Und mit dem Fahrrad herschaffen. Auf dem Gepäckträger.

Warum nicht mit dem Auto?

Autos sind in der Garage eingelockt. Zutritt vermutlich nur mit elektrischen Methoden: Wahrscheinlich kriegen wir nicht einmal die Eingangstür auf, und die Ausfahrt schon gar nicht.

Mal sehen. Übrigens parkt Richard sein Auto auf der Straße, seit er arbeitslos ist, weißt du?

Wir könnten einen Kirschbaum umlegen und zu Kleinholz verarbeiten.

Die Gartenmöbel verheizen ist einfacher.

Wenn wir wider Erwarten ans Auto herankommen, können wir nach Aussee fahren. Dort haben wir einen Ofen und genügend Brennholz, und einen Griller auch. Und womöglich ist in der Steiermark gar kein Blackout.

Wenn man nur anrufen könnte.

Vielleicht würde das Autoradio funktionieren.

Hast du eigentlich vollgetankt?

Mach' ich doch immer, wenn ich nach Wien zurückkomm'.

Auf der Basis von Calvados und Baldrian hat sich dann gegen Morgen der Schlaf unser erbarmt.

Saukalt, weil kein Strom in der Früh, Frühjahrsfrühlicht um halb neun freilich mehr als genug. Der Tiefkühltruhe – in der sich eine Menge noch hartgefrorenes Fleisch befindet – das Frühstücksgebäck entkramt. Die Auftauphase von etwa zwanzig Minuten zu einer Bestandsaufnahme bei der Garage genützt, in der unsere beiden Autos ihre Bleibe haben, eine Zwangsbleibe in diesem Fall: der elektrische Tür- und Toröffner, den man mit einer Chipkarte zu betätigen pflegt, derzeit fuori servizio. Die dreihundertfünfzig Meter von unserem Haus bis zur Tiefgarage habe ich mit dem Fahrrad zurückgelegt, um mich in unserer Gegend rasch ein bisschen umsehen zu können. Halbumrundung des Häuserblocks zur Kehrseite der Garage, an der sich Ein- und Ausfahrt befinden: auch die beiden Klapptore fest verschlossen. Kurzes Gespräch mit zwei anderen Dauerparkplatznutzern.

Na, na, do gehd jetzt länger nix,

sagt der eine,

aber de miaßten jo a Notaggregat haŋm,

der andere,

sunst miaßns hoid wem schicken, der wos des händisch aufmocht. Des muaß jo aa geh.

Keine Straßenbahn, kein Bus, zwei verloren wirkende Autos im Zeitlupentempo. Schnell zur U-Bahn geradelt, die hier eine O-Bahn ist. Nein, sie fährt auch nicht: Oben auf der Brücke steht ein leerer Zug, der es nicht ganz in die Station geschafft hat. Die Geschäfte sind geschlossen, die Bankomaten und die Verkehrsampeln außer Betrieb. Alles ein wenig wie hinter Marlen Haushofers *Wand*. Es ist sehr ruhig, weil menschenleer. Dann doch jemand außer mir: zwei Typen in einem Sportgeschäft, die etwas zu suchen scheinen. Vielleicht zwei unverfrorene Einbrecher?

Wieder zu Hause: kaltes Frühstück mit noch ziemlich kalter Milch, in die wir Instant-Kakaopulver einrühren, das temperaturbedingt seiner Bezeichnung eher ungerecht wird. Auf dem Balkon gelagert müsste die Länger-frisch-Milch noch gut und gern zwei Wochen halten, sie hat mit Kuhmilch ja wenig genug zu tun. Schinken- und Marmeladesemmeln: So gut wird es uns nicht lange gehen, vielleicht auch lange nicht mehr gehen.

Improvisierte Hausgemeinschaftsversammlung im Garten: coronagerecht mit FFP2-Masken, coronaungerecht abstandslos. Wanda referiert, was sie in ihrem Batterieradio gehört hat: Der Lightdown wird wahrscheinlich einige Tage dauern, schlimmstenfalls sogar ein, zwei Wochen. Es ist der Großteil des europäischen Netzes betroffen. Sehr schwierig, es wieder hochzufahren.

Wir legen eine Liste jener unserer Habseligkeiten an, die in der momentanen Lage am wertvollsten sind: gut zehn Kilo Brot (leider nur vier Packungen Knäckebrot), mehr als zweihundert Flaschen Wein, elf Kisten Bier, eine Unzahl voller Schnapsflaschen aus den diversen Hausbars, einige Flaschen Limonade, viel zu wenig Mineralwasser; zwei Campingkocher, der eine drei-, der andere nur einflammig. Zweieinhalb Säcke Holzkohle. Ungefähr dreißig Kilo leicht angetautes Tiefkühlfleisch. Wir beschließen, am Abend zu grillen und möglichst viel zu fressen. Bären vor dem Blackoutschlaf. Die Temperatur von momentan sechs Grad plus lässt nichts Gemütliches erwarten. Schlafen werden wir in warmer Kleidung, Typus Schianorak, Wintermantel, Pelzjacke.

Unsere Jüngsten sind achtundfünfzig und neunundfünfzig, alle anderen über sechzig, ich als Doyen nähere mich dem Siebziger. Ein paar Tage sexueller Abstinenz wird niemandem von uns abgehen. Wie paaren sich eigentlich Inuit? Der Verzicht auf Fernsehapparate, PCs und Smartphones fällt garantiert deutlich schwerer.

Niemand, der nicht für die nicht immer derart gemeinschaftliche Gemeinschaft tätig sein wird:

Richard, Hubert und Tina werden mit ihren laterndelgaragengeparkten Autos auf Kleinholzsuche in den Wienerwald fahren: Brennmaterial für den Kanonenofen im Gemeinschaftsraum und den seit Jahren erkalteten Wohnzimmerkamin von Hubert und Tina, vor dem sich dann abends bei Kerzengeflacker alle aufwärmen können, die wollen. Danach sollen die beiden – mit einigen Großgießkannen und Plastikbehältern ausgestattet – Wasser aus der Alten Donau heranschaffen. Ein kleiner Teil davon soll mithilfe der Campingkocher sterilisiert und zu Trinkzwecken verwendet werden. Gottlob keine Abstinenzler in der Gruppe, Alkohol haben wir ja genug. Vorderhand.

Keksi und Maja werden in der Stadt herumradeln und schauen, ob man irgendwo Kerzen oder sonstiges Beleuchtungsmaterial requirieren oder stehlen kann. Manfred, Claudia, Petra und Kathrin werden Straßenmärkte beradeln, wo eventuell der eine oder andere Standler – guten Geschäftsgang witternd – unter Missachtung der Registrierkassenpflicht seine Ware verklopft, danach werden sie sich der Säuberung des winterlich vergammelten Gartengrillers und der Präparation des zu grillenden Fleisches widmen. Unser Benjamin Jan wird in Garten und Werkstatt alles Hölzerne, um das es nicht schade ist, zu Brennholz zersägen. Hanni und ich werden in die Schwarzenbergallee radeln und dort möglichst Unmengen von Bärlauch sammeln, der Vitamine wegen. Hoffentlich kommen nicht allzu viele auf dieselbe Idee.

Die Ernte war reichlich, vor Allem weil tatsächlich einige Marktstandler ihre Ware möglichst schnell loswerden wollten. Auch Kleinholz sowie Friedhofs- und Kirchenkerzen gab es nun im Überfluss. Das Beste war die Entdeckung einiger türkischer Greißlerläden – Familienbetriebe, die vorderhand noch offenhielten und vor allem leicht Verderbliches verkauften. Alles Unverderbliche war über Nacht um das Drei- bis Vierfache teurer geworden. Die Händler sollten dessen ungeachtet binnen zweier Tage leer gekauft sein. Natürlich mussten sie auch an ihre Eigenbevorratung denken und an gewisse archaische Eigenheiten des Homo sapiens: In einigen Bezirken war bei Spar, Billa und Hofer eingebrochen worden. Immerhin: Unser Durchhaltevermögen hatte sich auf gesetzesgerechte Weise deutlich verlängert.

Am dritten Tag war die Garage mechanisch betret- und verlassbar. Wir hätten nach Aussee fahren können, wollten nun aber auf jeden Fall noch ein wenig bei unserer hausgemeinschaftlichen Wiener Schicksalsgenossenschaft ausharren, widrigenfalls wir uns wie Verräter vorgekommen wären. Am sechsten Tage wurde es wieder künstliches Licht. Obwohl noch drei- oder viermal das Netz kollabierte, weil zu viele Geräte gleichzeitig wieder in Betrieb gegangen waren. Natürlich hatten auch wir nicht daran gedacht, die FI-Schalter herunterzukippen. Je nun.

Unsere Vorräte hätten – vom zur Gänze verputzten Fleisch abgesehen – für zwei weitere Wochen gereicht. Die niedrigen Temperaturen waren für uns vorwiegend günstig gewesen. Nach zwei Tagen hatten wir uns an das Schlafen in dicken Pullovern und Wintermänteln gewöhnt. Vor ihrer Bekanntschaft mit Darwin hätten Feuerlandindianer derlei splitternackt ausgehalten. Die hatten ja nicht einmal Husten und Schnupfen gekannt, ehe sie von dem christlichen Bekehrergesindel entdeckt in gottgefällig-züchtige Kleider gesteckt, mit dem für sie noch völlig neuen Grippevirus angesteckt und deftig dezimiert wurden.

Übrigens war uns die Pandemie wenigstens ein paar Tage lang an den Ärschen vorbeigegangen. Wir haben viel miteinander geredet, wir haben einander zugehört und wir haben gut zusammengearbeitet. Hausgemeinschaftlich. Wir haben viel gelernt. Vor allem was alles eigentlich völlig unnötig oder jedenfalls leicht entbehrlich ist. Stichworte: Wischophon, Internet und Fernsehen.

Nun geht es auf ins Knusperhäuschen nach Aussee, mit Hanni. Meine Frau, für die ich schon lange so etwas wie eine routiniert tolerante, leicht resignative und auf langjährigen Gewohnheiten basierende, durch gelegentliche Feindseligkeiten geschmälerte Kamaraderie empfunden hatte, finde ich jetzt wieder großartig wie einst im Mai. Ich erkenne sie. Und mich. Und sie mich. Wie neu.

Feld am See/Wien, 2021/22